中公文庫

華国神記 1

名を盗られし神は少女となりて

九条菜月

中央公論新社

目次

華国神記1

名を盗られし神は少女となりて

序章

青雲山《せいうんざん》に雲がかからなければ、その日は晴れ。

名に同じ青《せい》という文字を持つ少年は、自分で編んだ籠《かご》を片手に納屋《なや》を出た。中では、農具の脇で一塊《ひとかたまり》になって眠る弟妹たちの姿がある。夜明け前から家畜の世話に駆け回っていたため、仕事が一段落する頃には、折り重なるようにして眠ってしまうのが常だった。

本来ならば、青もそこに交じって束の間の休息を取りたかった。休憩《きゅうけい》が終われば、また家畜の世話に戻らなくてはならない。

青たちの家は貧しい農家だ。父と母は畑で汗を流し、歳《とし》の離れた兄も邑長《むらおさ》の家で下男として働いている。それでも、暮らしは楽《らく》にならない。定められた年貢を納めるのに精一杯なのだ。それはどこの家も同じで、年貢が少しでも足りなかった場合は、厳《いか》つい顔つきの役人が罰《ばつ》としてその家の者を鞭打《むちう》った。

今年、十になる青は、いつも笑顔を絶やさない父と母が、陰で深刻そうに話しているのを知っていた。もしかしたら、次の年貢は納めることができないかもしれない、と。通達された年貢の額は、昨年よりも増やされていたという。

青には難しいことはわからない。ただ、朝餉《あさげ》と夕餉の量が目に見えて減った。父と母の体がぐっと細くなった。家にわずかに残っていた、金に替えることのできる品物がなくなった。身近に感じる異変に、自分の家がのっぴきならない状況に置かれていることを肌身で感じていた。

だから、せめてもの腹の足しにと、休息の合間に森にでかけることにした。今は黄柑《おうかん》と呼ばれる果実が実る時季。たくさんは採れないだろうが、それでも空腹を紛《まぎ》らわすことはできる。ひもじさのあまり草を齧《かじ》って気を紛らわす弟妹たちを思えば、わずかな量であってもありがたいものだった。

「今日も、暑いなぁ」

熱の籠《こ》もった息を吐いて、青は周囲を見回す。集落の近くには街道が走り、それに沿うように広大な森が広がっていた。青がいつも足を踏み入れているのは、森の入口付近だ。森の奥には足を踏み入れることは禁じられていた。許されるのは、年に一度だけ。収穫祭が催《もよお》される際、弓を担《かつ》いだ大人たちが肉を得るために森へと入る。獲物の数も決められており、あまりにも多すぎると森に住む神様の機嫌を損ねてしまうのだと言い伝えられていた。

それに、森の奥には妖《あやかし》がいる。

青はぶるりと体を震わせた。それがなんなのか、よくはわからない。獣とは違う、恐ろしいなにか。大人達は口々に、妖に食われたくなかったら森の奥に入ってはいけないと言っていた。そこはもう、人が足を踏み入れてはいけない場所なのだ、と。

地面に隆起している木の根を慎重に避《よ》けながら、青は目的の場所に辿《たど》り着《つ》いた。木々が青々と茂《しげ》り、近くには清涼な水を湛《たた》えた小川が流れている。細くて背の低い木には、黄色い果実がたわわに実っていた。実は青の手のひらに収まるくらい小さい。熟したものを、運べるぶんだけ籠に入れる。

「このくらいかな……」

籠の半分ほどの量を採って、今日の収穫はお終《しま》い。枝に残っているのは、まだ熟し切っていない緑色のものばかりだ。食べ頃になるまで、あと数日はかかるだろう。明日はこの辺りで山菜でも採ろうか。そろそろ蕗《ふき》が大きく育つ季節だ。

弟妹達が目を覚ます前に帰ろうと、踵《きびす》を返した時だった。近くの茂みが、がさがさと奇妙な音を立てた。

森の動物だろうか。といっても、人里近くにあらわれるのは、害の少ない小動物だ。たまに猪《いのしし》が出没して畑を荒らしていくが、そのほとんどは秋に集中している。だから、青は警戒心を抱かなかった。小動物はこちらの気配を察知すると、大慌《おおあわ》てで逃げ去ってしまう。今日はどんな奴《やつ》だろうか、と少しだけわくわくしながら茂みを覗《のぞ》いた青は、次の瞬間、声にならない悲鳴をあげた。

青の目の前にあらわれたもの。

それは、猪よりも遥《はる》かに巨大な獣だった。丸太のように太い四肢《しし》で地面を踏み締め、大きな口からは鋭い二本の牙《きば》が覗く。全身が雪のように真っ白で、美しい金色の瞳《ひとみ》をしていた。

どさっ、と籠が手から滑り落ち、せっかく収穫した黄柑が地面にばら撒《ま》かれる。獣は足許に転がってきたそれに視線を向け、わずかに首を傾《かし》げた。

青は震えながら生唾《なまつば》を呑《の》み込《こ》んだ。逃げなければと思うが、両足がその場に縫《ぬ》いつけられてしまったかのように、ぴくりとも動かなかった。父と母、それに弟妹達の顔が脳裏を掠《かす》める。自分はこのまま、食べられてしまうのだろうか。がちがちと歯が鳴り、涙が零《こぼ》れた。

こんな大きな生き物は、見たことがない。もしかして、これが妖なのだろうか。ゆらり、と巨体をくねらせるように獣は青へと近づいてくる。もう駄目だ、と思って頭を抱えた瞬間、獣の背からなにかが地面に落下した。恐る恐る視線を向ければ、驚いたことにそれは青よりもさらに一回り小さな少女だった。

それに気づいた獣は、泥で汚れた顔を労《いたわ》るように大きな舌で舐《な》めあげる。やがて、それでは埒《らち》が明かないと思ったのか、獣はまるで少女を起こすかのように、小さな体を前脚で優しく揺すりはじめた。

やがて掠れたような呻《うめ》き声《ごえ》があがり、地面に伏していた少女がゆっくりと瞼《まぶた》を開ける。梳《と》かせば綺麗《きれい》な黒髪はぼさぼさで、見慣れない形の袍《ほう》も裾《すそ》や袖《そで》が泥に塗《まみ》れていた。表情が抜け落ちたかのような少女の瞳が、動けずにいる青を捉《とら》える。

なにも言えずに黙り込んでいると、急に場違いな音が響いた。それが少女の腹の音だということに気づいたが、動けば謎の獣に食い殺されるのではないかという恐怖から、指の一本すら動かすことができない。

そんな青の目の前で、獣に摑《つか》まりながらよろよろと立ち上がった少女は、足許に転がっていた黄柑をぐしゃりと踏《ふ》み潰《つぶ》した。それを不思議そうに眺めたかと思うと、別の実を手に取り繁々《しげしげ》と眺める。

そして、なにを思ったのか、いきなり黄柑に齧りついた。一心不乱に頬《ほお》を動かす様は、まるで飢えた小動物のようだ。口の周りをべとべとにしながら、少女は地面に転がっていた黄柑を瞬《またた》く間《ま》に平らげてしまった。青が採った黄柑は皮を剝《む》いて食べるのだが、少女はそれを知らなかったらしい。「苦い」と、文句を零した。

「おぬし、何者だ？」

少女の目がようやく青に向けられる。しかし、それどころではない。少女には巨大な獣が見えていないのだろうか。青は混乱する頭で、それでも必死に口を動かした。

「に、にげ、逃げ」

歯がかたかたと震《ふる》えるせいで上手《うま》く言葉にならない。それに少女が、訝《いぶか》しげに首を傾げた。

「落ち着かぬか」

「ひぃいい！」

少女がこちらへと手を伸《の》ばすと同時に、その背後にいた獣がゆらりと動きだした。警戒するように尾を左右へと揺らし、金色の瞳が恐怖に震える青を捉える。もう駄目だ。今度こそ、頭からばりばりと食べられてしまう。

「あ、う」

獣が大きく口を開いたと同時に、青の意識は途切れた。

　遠くで、自分の名を呼ぶ声が聞こえた。どこか必死なそれに、青は重い瞼をこじ開ける。わずかに薄暗さを感じるのは、日が落ちはじめているからだろう。暖かかったはずの陽気も、今は肌寒さを感じるほどになっている。

　辺りを見回せば、そこは見慣れた森の中だった。日暮れも間近なせいか、闇《やみ》の片鱗《へんりん》を見せはじめた森はどことなく不気味な雰囲気《ふんいき》を漂わせている。まだ眠気が残る頭で、青はなぜこんなところにいるのだろうかと首を傾げた。いつもならば家畜の世話を終えて、夕餉の手伝いをしているはずだ。

　どうして、と考えた時、青の脳裏に巨大な獣の姿がよぎった。

「う、うわぁ！」

　悲鳴をあげ、慌てて周囲を見回すが、それらしい影はどこにも見当たらない。早鐘を打つ胸を押さえ、青は思わず安堵《あんど》の息を吐いた。

「夢？」

　黄柑を採りに来た時、疲労のあまりに眠ってしまったのかもしれない。そう考えれば、見たこともない巨大な獣との遭遇《そうぐう》も、夢の中での出来事のように思えた。

　また、遠くで自分の名を呼ぶ声が響く。なかなか戻ってこない青を心配した家族が、捜しに来てくれたのかもしれない。

ここにいるよ、と声をあげようと思った時だった。青は、地面に転がった籠に気づいた。しかし、収穫したはずの果実が一つも見当たらない。もしかしたら、収穫したことすら夢だったのだろうか。訝しげに周囲を見回し、自分の格好に気づいた青は愕然《がくぜん》とした。兄のお下がりである短服が、なぜか真っ白な袍に変わっていたのだ。裾には乾いた泥が付着しているが、細かく織られた生地の手触りに、上等な糸で作られたものだということが知れた。

襟《えり》のあわせ目はぐちゃぐちゃで、適当に結ばれた帯も歩いただけで解《ほど》けそうなくらい緩《ゆる》い。青が眠っていたことを差し引いても、慣れていない者の手つきだった。

「これって……」

青は夢見心地で呟《つぶや》く。獣の背に乗っていた少女の服を、なぜ自分が着ているのだろう。そして、本来、自分の服であるはずの短服はどこに消えてしまったのだろうか、と。青は両親に見つけられるまで、その場で茫然《ぼうぜん》と立ち尽くしていたのだった。

そんな馬鹿な話があるか、と崔《さい》は声に出さずに悪態をついた。

王都、華安《かあん》へと続く街道の警備隊に配属されて十五年。今年、三十五になる崔は、念願の隊長職に任ぜられたばかりだった。関所の近くにある集落には、愛《いと》しい妻と、目に入れても痛くないくらい可愛《かわい》い子供達が住んでいる。滅多なことでは野盗や妖も出没しない、実に平和な職場だ。

そんな街道警備隊に緊急の連絡がもたらされたのは、昼もすぎた頃だった。

慌てふためいた様子の商人達が、続々と関所に駆け込んできた。なかには荷駄を放り出し、馬に乗って逃げてきた者もいるほどだ。野盗にでも襲《おそ》われたのかと気を引き締めて問い質《ただ》せば、真っ白な虎が街道を走っているのだという。

「馬よりは一回り小さかった。だが、見たこともないくらい巨大な虎だった」と、顔を青ざめさせた商人達は口々にそう証言した。しかも、その虎の背には薄汚れた短服を着た、小さな子供が乗っていたらしい。冗談にしても、あまりにも馬鹿馬鹿しい話である。

「崔隊長。どうします？」

どう対応してよいのかわからないといった様子で、部下が声をあげた。一人ならば夢でも見たのだろうと笑い飛ばすこともできるが、複数の目撃証言が寄せられている。

「念のために確認しておくか」

商人達の話を頭から信じたわけではないが、巨大な虎が街道を走っているという報告を受けては、警備隊としてそのままにしておくわけにはいかなかった。少なくとも、真偽を自分の目で確かめる必要があるだろう。

「馬を準備しろ。確かめに行くぞ」

「はっ！」

短服の上から、胸甲と背甲を肩で結ぶ形の鎧甲《がいこう》を身につける。肩から腕を防御する披膊《ひはく》と、足を防御する膝裙《しっくん》をつければ準備は完了だ。つき従う部下は五名。少ないとは思うが、地方の関所に配備される兵士の数など、高が知れている。関所に数名の部下を残し、崔は馬を走らせた。

街道とは銘打《めいう》たれているが、剥き出しの地面には凹凸《おうとつ》が多い。おかげで古い荷馬車が脱輪して立ち往生することもしばしばだ。中にはなんとかしてくれと苦情を言ってくる者もいるが、街道の整備は警備隊の管轄ではない。

馬達もたまに走《はし》り辛《づら》そうに速度を緩めるが、地方の街道など、どの道も似たようなものである。道の両脇にはのどかな田園が広がり、それが過ぎれば鬱蒼《うっそう》とした木々が待ちかまえていた。

訴えどおりに子供を乗せた虎がこちらに向かっているとすれば、そろそろ出会うはずである。子供を振り落とさないためにか、虎の走りは馬のそれよりもだいぶ遅いとのことだった。

――本当に虎などいるのだろうか。

従来、虎は山奥に生息する生き物である。獰猛《どうもう》な性格に反して警戒心が強く、滅多なことでは人里に姿をあらわすことはない。崔自身、虎の死体は目にしたことはあっても、生きたそれを目にしたことは一度もなかった。

ただの見間違いならば、騒いでいた商人達に罰として酒でも奢《おご》らせるとしよう。どうせ、あいつらは大きな猪でも見違えて、大げさに喚《わめ》いているだけだと崔が商人達を嘲笑《あざわら》った時である。

「た、隊長。商人達が言っていたのは、あれですよね？」

声をかけてきたのは、今年入隊したばかりの新人だった。声が微《かす》かに震えているのは、相対しているものが証言通りの巨大な虎だからだろう。あれに襲い掛かられたら、いくら警備隊でも一溜《ひとた》まりもない。馬達も興奮するように体を震わせている。手綱を引き速度を緩めれば、相手も一定の距離を置いて立ち止まった。

見たこともないほど巨大な、というには語弊《ごへい》があるが、それでも充分な巨軀《きょく》を誇る大虎は、威嚇《いかく》するようにこちらを凝視《ぎょうし》している。それだけで、崔の背筋に冷たいものが流れた。

だが、任務を放り出して逃げることはできない。そうしたいのは山々だが、部下の一人が告げ口しようものなら、隊長である自分の首はあっという間に胴から離れてしまうだろう。任務の放棄《ほうき》は、それほどまでに重いのだ。もっとも、全員がここから無事に生還できたらの話であるが。

「隊長、子供がいます！」

大虎の背に跨《また》がるのは、十歳かそこらの小柄な少女だった。農民の子だろうか。明らかにお下がりだとわかる身の丈にあわない短服は、少し離れた場所からでもわかるくらい着古されたものであった。

「……おかしいだろう、あれ」

背後で部下の一人が、震える声で呟いた。目の前の光景はおかしい。肉食獣である虎が、人を乗せて走るわけがない。ならば、背に跨がる子供もまたおかしいということになる。あまりの異様さに崔は命令を下せずにいた。

「もしかして、妖か？」

「人に化けているのかもしれませんよ」

前者は困惑するように、後者は脅《おび》えを滲《にじ》ませた口調で告げる。人に扮《ふん》することのできる妖など聞いたことはないが、誰も知らないだけかもしれない。妖ではない、と否定する根拠はなかった。

「どうします？」

「……このまま街に向かわせるわけにはいかん。退治するしかなかろう。周囲を囲んで、一気にとどめを刺すぞ」

崔の声に、周囲の部下達は頷《うなず》いた。指示に従い、道を遮《さえぎ》るように広がる。崔自身も慎重に相手との距離を測りながら、少女に向かって問いかけた。人の形をしているということは、もしかしたら言葉が通じるかもしれない。

「貴様、何者だ！」

得体の知れないものを相手にする恐怖を感じながら、崔はできるだけ貫禄《かんろく》のある声を出した。こちらは警備隊長として部下を率いる身である。多少のことで怖《お》じ気《け》づいては示しがつかない。

「答えろ！」

重ねて問えば、大虎に乗っている少女が顔を上げた。一切の感情を失くしたような瞳に、崔は言い知れぬ畏《おそ》れを感じずにはいられなかった。

「——退《ひ》け。そなたらに構っている暇はないのだ」

凛《りん》とした声音《こわね》。十やそこらの子供にはない威圧感に、崔はわずかにたじろいだ。しかし、ここで怯《ひる》んでいては部下に示しがつかない。

「やはり、子供の姿をした妖か。その白虎を従えなにをするつもりだ！」

「ふむ……私は妖ではないのだがな」

「我々を惑わす気か！」

崔が片手を上げると、部下達は馬上から担いでいた槍《やり》を片手で構えた。馬達は興奮しているが脅えている気配はない。一気に片をつけるため、崔が命令を下そうとした時だった。

「咆《ほ》えろ、白桃《はくとう》！」

少女の命令に従い、大虎は地響きのような咆哮《ほうこう》をあげた。それに真っ先に反応したのは馬達だった。勝手に走り出す馬もいれば、混乱のあまり乗り手を放り出す馬もいる。崔の乗る馬も脅えて駆け出そうとしたため、手綱を引いて押さえるので精一杯であった。

その混乱に乗じて、少女を背に乗せた大虎は颯爽《さっそう》と兵士達の間を駆け抜けた。制止する暇《いとま》もない。気づいた時には、すでに双方の距離は大きく開き切っていた。今から追えば、そう遠からずに追いつくことはできるだろう。しかし、馬達は脅えきっている。また、森に逃げられてしまえばそれまでだった。

「隊長、どうしますか？」

「関所に戻って華安に報告だ。なにを目的としているかは不明だが、あんな猛獣を野放しにしておけるものかっ」

吐き捨てるように告げれば、慌てたように新人が頷いた。あの大虎がこのまま街道を走り続ければ、また別の関所でも行く手を阻まれることだろう。この先にある関所は大きく、また、配置されている兵士の数も多い。それが奴らの最後だ。

「さっさと馬を宥《なだ》めろ。行くぞ！」

しかし、崔の予想は裏切られることになる。この関所を最後に、大虎の目撃情報はぱたりと途絶えたのだった。

第一章

二百六十五年の歴史を持つ華国《かこく》。その王都華安《かあん》は、豊かな水量を誇る長河《ちょうが》の流域に位置する。水路と陸路の両方を兼ね備え、王都と呼ぶに相応《ふさわ》しい華やかな都市として栄えるに至った。その華安一の規模を誇る龍神大路《りゅうじんたいろ》は、幅広の道脇に様々な露店が軒《のき》を連ね、夕刻の鐘が鳴り響くまで人波が途切れることはない。

威勢のよいかけ声に怒声が混じり、往来を行き交う者達の足音や、俥《くるま》を引く馬の蹄《ひづめ》が地を蹴《け》りあげる音などが混ざりあって、場の喧騒《けんそう》を作りあげている。その際限なく続く人混みの中に、場違いなほど浮いている少女――春蘭《しゅんらん》はいた。

歳の頃は十ほど。頭上で丸めた黒髪を桃色の巾《きん》で包み、両脇の耳にかかる部分を胸まで垂《た》らしている。農民が着るような麻の短服を着て、周囲をきょろきょろと見回す。唯一、腰紐《こしひも》に結《ゆ》わえられた金色の玉《ぎょく》が、みすぼらしい身形《みなり》に対し不釣りあいに見えた。通行人達はぎょっとしながらも、かかわりあいになるのは面倒と、声をかける者は誰一人としていない。

春蘭は大路から小路に入り、太陽の位置を確認しながらも迷いのない足取りで進む。やがて辿り着いたのは、立派な門構えの屋敷だった。

「ふむ。ここのようだな」

なにかを確認するように一つ二つ頷き、春蘭はおもむろに「誰かおるか！」と声を張り上げた。しばらく待っていると、家僕《かぼく》と思《おぼ》しき十三、四の少年達が姿を見せる。一人は気の強そうな顔つきで、もう一人はその反対に気弱そうな顔つきをしていた。質素ではあるが、春蘭のものよりも幾分か高価な短服を着た少年達は、揃《そろ》って訝しげな眼差《まなざ》しを向ける。

「ここは、誰の屋敷だ？」

「お前、誰だ」

口を開いたのは、気の強そうな少年だった。少女を見る目は、お世辞にも友好的とはいえない。

「誰の屋敷だ、と訊《き》いておる」

対して、春蘭は落ち着き払った態度で質問を繰り返した。その泰然《たいぜん》とした雰囲気に気圧《けお》されたのか、少年は不満げではあるが春蘭の求める答えを口にした。

「鄭《てい》仲望《ちゅうぼう》様のお屋敷だ。子供の来るところじゃない」

「ふむ。鄭家、か」

春蘭はその答えに満足し、笑みを浮かべた。どうやら、ここが目的の場所で間違いはないようだ。

「――来い、白桃《はくとう》」

腰元の金色の玉が、その声に反応するように淡い光を放った。次の瞬間、あらわれたのは巨大な虎である。あまりのことに声が出せない少年達を尻目に、春蘭は颯爽とその背に跨がった。

「行け！」

「ウオオォン」

雄々しい咆哮をあげた白桃は、たった一蹴りで見上げるほど高さのある家門を飛び越えた。着地したと同時に再び地面を蹴り、また見事な跳躍《ちょうやく》を見せる。塀と屋敷のわずかな隙間《すきま》を走り抜け、屋敷の裏側に回ろうとしたところで、春蘭は回廊《かいろう》に寝そべる一人の青年に気づいた。

まず目につくのが、顔の右半分を覆《おお》う長い前髪だ。よく見ると、実は端整な容貌《ようぼう》であるとわかるが、そこまで観察する人間はそういないだろう。髪は布で包まずに首の後ろで一本にまとめられ、若葉色に染められた袍が、落ち着いた雰囲気を漂わせる青年に似合っていた。回廊の日当たりのよい場所に寝転がり、はみ出した片足をぶらぶらと揺らし遊ばせている。少なくとも春蘭の常識では、真昼間から若人が取る姿勢ではなかった。

「ふむ」

家僕には見えないが、家主《やぬし》にしては若い、直感的に見過ごせないと感じた春蘭は、鋭い声で「止まれ」と命じた。

白桃は青年の真正面で脚を止め、威嚇するように低い声で唸《うな》った。青年は驚きも恐れもせず、観察するように白桃とその背に跨がる春蘭を見つめる。しばらくすると、飽きたとでもいうように視線を逸《そ》らした。

今まで会った者達は、白桃に驚き慌てふためいて逃げ去るか、街道の警備隊のように敵意を向けてくるかのどちらかだった。そのため、人目があるところでは白桃を玉の中に戻し、日中は徒歩で移動しながらここまで辿り着いたのだ。

「ぬしは白桃が恐ろしくはないのか？」

「普通の虎なら、怖いだろうね」

春蘭の質問に、青年はのんびりとした口調で応じた。

「虎は君に従順だ。君が命令しない限り、俺を害するようなことはないだろう。初対面の相手に恨まれるような覚えもないから、その虎を恐れる必要もない」

胡坐《あぐら》を掻《か》いて座りなおした青年は、たったそれだけで喋《しゃべ》り疲《つか》れたといった風に溜息《ためいき》をついた。なんとも、こちらを舐めきった態度である。むっとしながらも、春蘭は確認するために口を開いた。

「ぬしが鄭仲望か？」

「そうだけど」

素っ気ない返答に、少女は目を細める。ずいぶんと自堕落《じだらく》そうな人物だ。あの少年達も苦労しているのだなと、春蘭は内心で深く同情した。

「私は李《り》春蘭。盗人《ぬすっと》、鄭玄楽《げんらく》の居場所を教えてもらおう」

「はあ？」

「なんだ、その腑抜《ふぬ》けた返事は」

春蘭の不機嫌な声音に反応し、白桃が威嚇するように「ウォン」と仲望に向かって大きく吼えた。しかし、それに怯んだ様子は見られない。心の底から億劫《おっくう》そうに溜息をつき、「面倒臭い」と呟いた。

「貴様、庇《かば》うのか？」

さらに追及しようとした時、回廊の奥から足音が響いた。

「旦那様、無事ですか！」

「旦那様が食べられちゃったらどうしよう……」

「馬鹿！　不吉なこと言うな！」

「だ、旦那様ぁー！」

怒鳴り声と泣き声が交互に響き、だんだんと大きくなったかと思うと二人の少年が勢いよく駆け込んでくる。少年達は白桃を見るやいなや、顔を真っ青にして互いの手を握《にぎ》りあった。

「に、ににに逃げてください旦那様！」

「食べられちゃいますよ！」

真剣な訴えに返されたのは、のんびりとした仲望の一言だった。

「面倒臭い」

「なに馬鹿なこと言ってるんですか！」

青筋を立てた少年達に叱《しか》られた仲望は、大きく肩を竦《すく》め、心の底からしかたなくといった顔で立ちあがった。

「房に案内するように」

そう告げると、ふらふらとした足取りで回廊の奥へと姿を消した。それを見送った春蘭は、とりあえず話は聞いてもらえるようだと頷き、少年達の恐怖と困惑の視線にさらされながら、白桃を玉に戻したのだった。


通されたのは中庭が望める房だった。室内には卓と椅子《いす》が置いてある。春蘭を案内するのは、気の弱そうなほうの少年だった。

「あの……こちらで、お待ちください」

「うむ」

遠慮なく椅子に座り、視線を中庭へと向ける。

「畑か」

ぽつりと呟くと、顔を真っ赤にして俯《うつむ》く少年が視界の端に映った。屋敷の規模を考えれば、壮麗な庭園が広がっているものなのだが、そこには乾涸《ひから》びた池と、低木や百花の代わりに植えられた野菜畑が広がっているばかり。間違っても客に見せられるようなものではない。

「よく育っているな。ただ、少し土が痩《や》せているのではないか？」

「え、えっ、え？」

「種をまく前に、腐葉土を混ぜてよく耕すといい。今年はよいが、来年は貧弱な野菜しか実らぬぞ」

「ふ、ふようど？」

「知らぬのか？　私の邑《むら》では、秋になれば子供達が落ち葉を掻き集めて作っていたものだが」

困惑する少年に、春蘭は案内の礼とばかりに、腐葉土の作り方を教授することにした。

「はじめに庭の日当たりの悪い場所に穴を掘る。そこに落ち葉を集めておくのだ。水気がなければ多少湿らせておけばなおよい。熱を帯びて白い湯気があがるが、気にせずほったらかしにしていればよい。できあがったそれを畑の土に混ぜれば、野菜がよく実るようになるのだ」

突然の助言に少年があたふたしていると、盆を手にした仲望が姿を見せた。少年を下がらせると、盆の上の茶器を卓に置く。

「白湯《さゆ》だけど、どうぞ」

「ありがたくいただこう」

白湯というにずいぶんと生温《なまぬる》いそれを、春蘭はきれいに飲み干した。

「見事な畑だ」

「貧乏なんだよ」

「雨露をしのげる屋敷があり、こんなに立派な畑もある。家僕も歳の割には働き者だ。それのどこが貧しいのだ？」

春蘭の認識では、貧しいというのは、寝床も狭く、日々の食べ物にも困るような生活を表す言葉だ。地方の邑に行けば、過酷《かこく》な年貢の取り立てに苦しめられている者は多い。指摘を受けた仲望は、畑を眺めて、「それもそうか」と呟いた。

「ところで、鄭玄楽はぬしの兄弟か？」

「俺の兄に当たるね」

「だろうな。身にまとう〝気〟がよく似ている」

「それははじめて言われたな」

「外見はちっとも似ておらんがな。あやつは、髪の色も瞳も真っ赤だった」

記憶に焼きついている憎き男の顔を思い浮かべ、春蘭は顔を顰《しか》めた。華国の住人達は、その大半が黒い髪と瞳をしている。違う色を持つとすれば、それは異国の民だ。

「さて、そろそろ鄭玄楽の居場所を教えてもらおうか」

「残念だけど、知らないよ」

「それでは困るのだ。あやつは私から〝真名《まな》〟を盗んだ。どうあっても見つけ出さねばならん」

「そりゃ大変だ」

まったく大変そうには聞こえない呟きに、春蘭は苛立《いらだ》った。

「意味がわかって言っておるのか？」

背を丸め、だらしない姿勢で卓に頬杖《ほおづえ》をついていた仲望は、「まあ、それなりに」と曖昧《あいまい》な返事を寄越《よこ》す。

「君は神様だ」

「そこは理解しているようだな」

「で、兄上に真名を盗まれた」

〝真名〟とは神のみが持つ、魂魄《こんぱく》の名だ。肉体を持たない神にとって、それが己の芯のようなものである。

人知を超えた存在である神を、人々は畏れ敬った。礼を尽くして邑に招き入れ、守り神として祀《まつ》り深く信仰した。神はその見返りに、人々を洪水や干魃《かんばつ》といった自然の脅威から守った。

春蘭はその守り神である。

神としての格はさほど高くはないが、永きにわたって複数の邑とその周辺を守護してきた。未《いま》だかつて、そんな自分から真名を奪おうなどという不届き者はいなかった。人が神に敵《かな》うわけもない。身を滅ぼしかねない相手に、誰が手を出すというのか。

だが、あの男はそれをやってのけた。目的は不明だが、禁忌《きんき》とされる神に手を出したのだ。

人を食ったような笑みを浮かべていた赤髪の男を思い出し、春蘭は唇を噛《か》み締《し》めた。

「神様は、人になれるのかい？」

「人《こ》の姿にはわけがある。隷属を防ぐためだ」

「隷属？」

「真名があれば神を自分の僕《ぼく》にでき、その力を自由に行使することも可能となる。だから私はそれを防ぐために、人の体へと魂魄を戻したのだ」

「ふぅん」

　こいつは本当に理解しているのだろうか、と疑問に思いながらも、春蘭は話を続けた。

「私は守り神だ。いや……だった、と言うべきか。人の姿を取れるのは、私が神となる前、ぬしと同じ人であったからだ。肉体は私の〝神気《しんき》〟によって生前の形を留めてあった。李春蘭《ひと》に戻れば、真名は意味を失くす。とっさに神としての力を封じ、魂魄を元の器に戻して、形勢を立て直すために逃げたのだ」

「それは危なかったね」

　どこまでも気の抜けた返答に、春蘭は苛立った。しかし、ここで怒鳴りつけたところで、事態が好転するわけではない。ゆっくりと呼吸し、昂《たかぶ》りそうになった感情を落ち着けた。久しく忘れていた〝感情〟は、同時に戸惑《とまど》いも運んでくる。

〝生きる〟という感覚は、あまりにも久し振りで、時に息をすることも忘れてしまいそうだ。時が経《た》てば腹が減り、夜がくれば眠くなる。不便極まりないと感じるのは、守り神として長い時をすごしてきたからだろう。

「ぬしは、鄭玄楽の居場所を教えるだけでよいのだ。弟ならば、兄の居場所くらい知っておるだろう」

　仲望を睨《にら》みつければ、深い溜息が漏れた。

「死んだよ」

「なんだと？」

春蘭は眉を寄せた。仲望は抑揚《よくよう》のない声音で続ける。

「四年前の戦《いくさ》で死んだ。教えられるとしたら、墓の場所だけだ」

予想外の答えに、春蘭は唖然《あぜん》とした。そんなはずはない。真名を奪ったのは、間違いなく鄭玄楽という男だった。

「兄の名を語る——もしくは、同姓同名の誰かだったんじゃないのかな？」

「それはない。私は生前、占師《せんし》をしていた。己の行く末を占った結果、ここへ向かえという答えが出たのだ。別人であれば、そもそもここに辿り着くこともなかっただろう」

てっきり、鄭家の者に鄭玄楽の居場所を訊けば解決するとばかり思っていたのだが、どうやら違ったらしい。ならば、なぜ卦《け》はここを指し示したのだろうか。しかし、悩んだところで答えはでない。

「遺体は見つかったのか？」

「いいや」

「ならば、あやつが生き延びていてもおかしくはないな」

「そうだね」

もう少し驚いてもよさそうなものだが、仲望は相変わらず気の抜けたような口調を変えない。仕える主人がこれでは、あの少年達はさぞ苦労していることだろう。春蘭は再び、同情を寄せた。

「盆を借りるぞ。それから、ぬしの白湯も」

春蘭は、卓の脇に立てかけられてあった盆を手に取った。そこに仲望の手前に置いてあった茶器の湯を注ぐ。それでも足りなかったため、春蘭は少年らに追加で水を持って来てもらった。仲望は春蘭を咎《とが》めるでもなく、ぼんやりとした眼差しでその行動を見つめている。

懐《ふところ》から八角形の盤を取り出した春蘭は、それを盆に張った水の上に浮かべる。それと必要になるのは、本人――もしくは、当人が身につけていた物や、ことのほか大切にしていた物。

春蘭が盤と一緒に、布にくるまれた緋色の紙紐を取りだす。それは無残にも引き裂かれ、端が辛うじて残っているという有様だった。鄭玄楽から逃れる際に、白桃の爪に引っかかったものである。それを右手の手のひらにそっと載せる。

春蘭が左手を掲《かか》げると、水面で小刻みに揺れていた盤がぴたりと静止した。盤の表面に彫《ほ》られた複雑な文様を、水が出口を探すかのようにゆっくりと辿っていく。

「やはり、ここか」

占《せん》は変わらず鄭家を示している。身につけていた紙紐を手掛かりに占った結果と寸分も違わない。もう少しちゃんとした遺留品があれば、居場所を特定することも可能だったが、千《ち》切《ぎ》れた紙紐ではこの辺りが限界といえよう。真名を取り戻すためには、このまま鄭家に留まる必要があるようだ。

「決めた。しばらくの間、世話になるぞ」

「ええー……」

「貴様の兄のせいで、私は不便を強いられているのだ。弟として、責任を取るべきだろう。その礼に、真名を取り戻した時は、罰を当てるのは本人のみに留めておいてやろう」

　よろしく頼むぞ、と言いかけた時、室内に勢いよく駆け込んでくる影があった。

「ふざけんな。誰がお前みたいな得体の知れない奴を居《い》候《そうろう》させるもんか。すぐに追い出してやる！」

「啓璋《けいしょう》、落ち着いてっ。ぼ、暴力は駄目だよ！」

　春蘭に摑みかかろうとする少年を、もう一方の少年が涙目になりながら必死に制止する。

「なんだ。立ち聞きしておったのか」

「違う！　旦那様、違いますからね。ちょっと様子を見に来たら、こいつが旦那様の世話になるとか言うから！」

　元気のよい家僕だな、と春蘭は掌で耳を押さえた。卓に乗り上げるような勢いで叫んでいた少年は、はっとして身を正したあと、睨むような眼差しを主《あるじ》である仲望に向けた。

「……旦那様。まさか、追い返すのも面倒だから居候させようなんて思ってないでしょうね？」

「駄目かな？」

「駄目に決まってます。絶対に反対です。それでなくとも、うちに客人を養うような余裕はありません！」

「啓璋、そういうことをお客様の前で言っちゃ駄目だよ！」

その言葉に、春蘭は今更だろうにと、畑となった中庭へと視線を向けた。

「そんなのかまってられるか。食べて行くのがやっとなんだぞ！」

「でも、僕らの分をちょっと減らせば、ね？」

「馬鹿。これ以上、量を減らしたら伸びる背も伸びなくなっちまうぞ」

「え、でも、背なんて放っておいても伸びるって、裏のおじさんが」

「食うもん食ってればの話だろ」

「そうなの？」

「それに、あの虎がどんだけ食うか、考えただけで頭が痛くなる！」

少年の怒鳴り声に、仲望が思い出したように春蘭を見た。

「そういや、さっきの虎は神獣なのかな？」

「うむ。幸いにして、白桃は先代から譲り受けたもので、私が隷属させているわけではない」

神は己を守る盾として、神獣を創る。己の魂魄の一部を使うこともあれば、獣に己の力を分け与え、隷属させることもあった。神獣は神力を糧としているため、もし白桃が春蘭に属する神獣であったのなら、共に封じる以外に方法はなかっただろう。白桃がいなければ、春蘭は華安に辿り着くことはおろか、玄楽から逃げることすら危うかった。

「先代の守り神は、今は緩やかな眠りについておる。そして、二度と目覚めることなく消滅を迎えるだろう。それまでは、白桃も私の傍《そば》にある」

春蘭は腰紐に結わえてある玉を、慈《いつく》しむように撫《な》でた。神となった時から今に至るまで、白桃だけが変わらず傍にあり続ける。

「食の心配は無用だぞ。白桃はなにも食べなくとも生きてゆける」

仲望とは違い、神獣の存在が理解できないのか、家僕の少年達は揃って不可解そうな表情を浮かべた。

しかし、屋敷があり畑もあるが、鄭家の貧窮《ひんきゅう》具合はよほどらしい。それに、これほどまでに広い屋敷にもかかわらず、他の家僕が見当たらないのも気にかかった。

「とにかく、絶対に断ってください！」

「……面倒臭いなぁ。いいじゃないか、部屋は余ってるんだし」

「そういう問題じゃありません！」

食事は大事だ。〝食を取る〟という、人であれば当然の行為を失念していた春蘭は、華安へ向かう途中、空腹のせいで行き倒れそうになった。

あの時、果実を持った少年に出会わなければ、遠からず飢え死にしていたことだろう。その少年は白桃を見て気絶してしまったので、ついでに着ていたものを交換させてもらうことにした。おかげで、白桃に跨がる際、どうしても邪魔になっていた裾を気にする必要もなくなった。

「――つまり、自分の食《く》い扶持《ぶち》をなんとかすればよいのだな？」

春蘭の言葉に、主に食ってかかっていた啓璋は胡乱《うろん》げな眼差しを、もう片方の少年は困惑したような顔を向けた。仲望はあいかわらず、ぼんやりとしたなにを考えているのかわかり辛い表情を浮かべている。

「なにをくれるっていうんだ？」

「私とて、無償で世話になる気はない。それ相応の対価は払うつもりだ」

「ちょっと、啓璋！」

「友寧《ゆうねい》は黙ってろ。生活がかかってるんだぞ」

挑むような視線を受け、春蘭は再び盆に浮かんだ盤に向き直った。

「時に、そなたの名はなんという？　そっちの勝気なほうだ」

「……孫《そん》啓璋」

「ふむ。では、そなたは？」

「高《こう》友寧っていいます」

水面をくるくると旋回《せんかい》する盤を眺めていると、それが不自然に静止する。春蘭は「ふむ」と頷いて、顔をあげた。

「猿の方角……つまり、大路がある方向だな。そちらに向かってみよ」

「なんでだよ？」

「行けばわかる。ああ、周りに注意を払いながら進むとよいぞ。もしも、手ぶらで戻った場合は、私の占い違い。居候させろとは言わぬ」

「本当だな？」

「むろん」

頷けば、不本意げな表情を浮かべつつも、啓璋は友寧を促すようにして出て行った。突っぱねればいいものの、素直に従う辺りが根は素直な性格なのだろう。それを見送って、春蘭は仲望に向き直る。

「時に、私を屋敷に逗留《とうりゅう》させるということは、鄭玄楽の味方にはならないということでよいのか？」

「断っても無駄《むだ》そうだしね」

「答えになっとらんぞ」

「どちらにせよ、俺には無関係だ」

仲望はどうでもよさそうな口調で告げた。確かに、これは春蘭と玄楽の問題なので、仲望にとってはその程度のことでしかないのかもしれない。

しかし、なんとも覇気に欠ける男だな、と春蘭は眉を寄せる。啓璋と友寧は仲望を慕っているようだが、こんな輩《やから》のどこがいいのか、まるで理解できなかった。

それに、気になることがもう一つ。玄楽との関係だ。死んだ兄が生きているかもしれないと知ったならば、喜怒哀楽、どれかしらの反応があって然るべきである。対する仲望の態度は、薄情とも取れるほど淡々としたものであった。

あまりにも不自然で、違和感が拭いきれない。人とはみな、このようなものだったのだろうかと、春蘭は首を捻《ひね》らずにはいられなかった。

　とうとう睡魔に負けて眠ってしまった仲望を横目に畑を眺めていると、あいかわらず不機嫌そうな啓璋と、その反対に上機嫌な友寧が、日干しにされた魚と、籠いっぱいの芋《いも》を両手に抱えて帰ってきた。それを見て、春蘭は満足げに頷く。

「ほれ、仲望。起きて、ちゃんと見よ」

　春蘭の声に、仲望が眠たそうに瞼を開ける。その目が家僕達の両手にある食料に向けられるが、目立った変化は見られなかった。啓璋と友寧は、渋々といった様子で話しはじめる。

「……俺達はこいつに言われた通り、大路を目指しました。その途中、道端で荷物を背負ったまま蹲《うずくま》ってる爺《じい》さんがいて、声をかけたら腰を痛めて動けないって言うんです」

「それで、僕が荷物を、啓璋がお爺さんを背負って、大路近くの家まで送り届けました。お爺さんの家の人にすごく感謝されて。これは、そのお礼だと持たされました」

「俺は、ただの偶然だと思います」

「僕は、偶然にしてはできすぎてるかなって……」

「なんだよ、じゃあこいつの占いが当たったとでも言うのか？」

「で、でも」

話を終えた二人は、答えを求めるように春蘭へ視線を向けた。ことの発端は、占いによるものである。それに、春蘭はすまし顔で答えた。

「私は宿泊させてもらう対価として、そなた達の吉となる方角を占った。占いに従った結果、そなた達は善意の対価として物を得た。これで、数日はそなたらの食い扶持が減ることはなかろう？」

「ふざけんな。俺達は、見返りのために善行をしたわけじゃない！」

憤慨《ふんがい》する啓璋の隣で、友寧もまた悲しげな表情を浮かべていた。春蘭は、なぜ彼らがそんな顔をするのかわからず、首を傾げた。

「ふむ。だが、ぬしらは私に居候するための対価を求めたであろう？　私はそれに答えただけだ。ふざけているわけではない」

啓璋は悪びれた様子もなく淡々と告げる春蘭に対しもう一度、「ふざけんな！」と真っ赤な顔で叫ぶと、脇目も振らずに走って行ってしまった。それを追いかけるようにして、友寧も房を出て行く。

「……あやつらは、なにがそんなに気に入らないのだ？」

腕を組み、納得できないと春蘭は眉を寄せる。守り神であった頃は、託宣《たくせん》で邑に幸福をもたらせば喜ばれた。要求通り、自分の食い扶持を稼いだというのに。説明を求めるように仲望を見れば、「いい子に育ったなぁ」と、声が返ってきた。

「どういう意味だ？」

「それは啓璋達に訊くといい」

「答えてもらえるとは思えぬな」

「仲良くなれば、そのうちに教えてもらえるさ」

「その前に、私は真名を取り戻して出て行くぞ」

しかし、約束は約束。どんな方法であれ、食い扶持は稼いだ。春蘭は椅子から下りると仲望の前に立った。

「しばらく世話になる」

「はいはい」

気楽に受け答えする仲望を眺め、春蘭はふと思った。国に仕える官吏が、日中にもかかわらず屋敷にいてよいのだろうか、と。

「ところで、ぬしの仕事はなんなのだ？」

「宮廷に仕える官吏だよ」

「出仕しなくてもよいのか」

「いてもいなくても関係ないようなところだからねぇ」

「よくそんな態度で、罷免されぬものだな」

仲望の言葉が本当ならば、俸給の無駄ではないのだろうか。なぜ、このような男を官吏として雇っているのかわからない。すると仲望は目を細め、眠たそうに欠伸《あくび》をした。

「大人にも色々と事情があるんだよ」

「ずいぶんとまあ、ぬしに都合のよい事情だな」

返答はない。代わりに、気持ちよさそうな寝息が聞こえてくる。春蘭には関係のないことだが、これが鄭家の当主で大丈夫なのかと、少年達の行く末が心配になってしまった。

第二章

春も終わったこの時季。華安《かあん》やその近辺の街は、雨季が訪《おとず》れるまで穏やかな陽気に恵まれる。春蘭《しゅんらん》がここに辿り着く間も、気まぐれな夕立に遭《あ》うことはあっても、一日中雨が降り続いたことはなかった。

華安に到着した翌日の空は、前日と同じ。抜けるような青が広がっていた。あてがわれた房室で着替えを済ませた春蘭が厨房《ちゅうぼう》に向かうと、不機嫌顔の啓璋《けいしょう》に椀《わん》に盛られた芋粥《いもがゆ》を押しつけられた。

春蘭のことは気に食わなくとも、主の言いつけはきちんと守るようだ。ぐうたらの主に似ずできた家僕である。友寧《ゆうねい》は裏で薪割《まきわ》りをしているようで、薪を割る軽快な音が響いていた。

「ところで、あの虎はなんなんだよ。俺達に危害を加えたりしないだろうな？」

春蘭は芋粥をすすりながら答えた。

「あれは神獣だ。名を白桃《はくとう》という。私が命令しなければ、無闇《むやみ》に人を襲うことはない。私に危険が迫《せま》った時は違うがな」

「しんじゅう？」

「説明してもわからぬだろう。とりあえず、白桃は無害だと思えばよい」

説明するよりも、芋粥で腹を満たすことのほうが先決である。嵩増《かさま》しのために入れられた雑穀《ざっこく》のおかげもあり、それなりの満腹感を得ることができた。

「やはり、果実とは違うの。皮や種があると食べるのも面倒で、すぐに腹が減る」

道中の主食は主に、野生の果実だった。その大半が顔を顰めたくなるくらい酸っぱくて、唯一、美味《うま》いと思えたのは、春蘭が着ている短服の持ち主が採っていた果実くらいだ。

「そういえば、仲望《ちゅうぼう》の姿が見えんな」

「旦那様を呼び捨てにすんな」

「仲望はなにも言ってなかったぞ。もしや、まだ寝ているのではあるまいな?」

「お勤めに決まってんだろ」

「なんだ、今日は仕事に行ったのか」

「どういう意味だよ」

「そのままの意味だ」

啓璋の文句を聞き流しつつ食事を終えた春蘭は、これからの行動を考えることにした。

第一の目標であった、盤が指し示す場所に辿り着くことはできた。

鄭玄楽《てぃげんらく》の居場所は摑めなかったが、それでも占いの結果はこの場所を示し続けている。ここに留まっていれば、玄楽本人に会えるか、そのための手掛かりを摑むことができるかするのだろう。

数日の宿と食事は確保できた。なんだかんだ言って人のよさそうな主従は、よほどのことでもない限り春蘭を追い出すことはないだろう。問題なのは、その逗留期間だ。短く済めばいいが、長期にわたって滞在を余儀《よぎ》なくされる恐れもある。どうにかして、食い扶持を稼がなければならない。

「のう、啓璋。仲望は、それほどまでに薄給なのか？」

　鄭家の家僕は春蘭が予想した通り、啓璋と友寧の二人だけだという。仲望には両親もすでになく、兄弟も戸籍上は亡くなったとされる兄が一人のみ。同居する親戚もいないようだ。

洗い物に精を出していた啓璋は、不機嫌な態度を崩さずに答えた。

「今はどの官吏だって薄給なんだよ。まともに俸給をもらってるほうが珍しいぜ」

「国の財政は、それほどまでに逼迫《ひっぱく》しておるのか？」

　王都から遠く離れた場所にある邑《むら》を守護していた春蘭は、世の流れに疎《うと》い。財政が逼迫するとなると、大規模な戦が起こったか、それとも飢饉《ききん》か。しかし、地方へも波及するほどの規模であれば、春蘭の記憶にも引っかかったはず。

「知らないのか？」

「うむ？」

「この国で起こってること。華国《かこく》の民なら、子供だって知ってるぞ」

「生憎《あいにく》だったな。私は知らぬ」

「なんでそんな偉そうなんだよ……」

　肩をがくりと落とした啓璋は、もう面倒だとばかりに春蘭に背を向け乱暴な手つきで鍋を擦《こす》りはじめた。

その時、薪割りを終えた友寧が、厨房に顔を見せた。春蘭の姿を見ると、控え目な笑みを浮かべ、「ご飯は食べた？」と訊いてきた。ちょうどいい。啓璋よりもこちらに訊いたほうが早いだろう。

「のう、友寧。なぜ、この国の財政は逼迫しておるのだ？」

「ええとね、偉い人達が贅沢《ぜいたく》ばっかりしてるから、かな？」

「もっと詳しく説明してくれ」

「でも、春蘭にはちょっと難しいんじゃ」

「子供扱いはしないでもらおう。私が幼いのは外見だけだ」

「そ、そう？」

視線で圧を加えれば、友寧はやがて観念したように口を開いた。

「皇帝陛下は贅沢が大好きで、新しい離宮を造ったり、盛大な宴《うたげ》を催したり、国のお金を散財しているんだ。そのせいで、国庫は空っぽなんだって。あ、でもこんなことを外で吹聴したら駄目だからね。お役人様が飛んできて、捕まっちゃうんだから」

「わかっておる。ならばなぜ、周りの者達は皇帝を諫《いさ》めぬのだ？」

「皇帝陛下に逆らった罪で、一族全員が死を命じられるからだよ。実際に、たくさんの官吏の方が処罰された。だから、みんな陛下が恐くてなにも言えないんだ」

「なるほどな」

それでは俸給を減らされたところで、文句の一つも言えない。おそらくは、農民に課せられた年貢の量も増えているのではないだろうか。幸い、春蘭が守護していた邑はここ数年、豊作が続いた。蓄えもあるため、当面のあいだ生活に困るようなことはないが、他所《よそ》もそうとは限らない。

「地方の反乱が起こりそうな話だな」

負荷を強《し》いられるのは、いつの時代も立場の弱い者達と相場が決まっている。この事態が長く続けば、世は荒れることになるだろう。遠い昔。春蘭がまだ人であった頃のように——。

「仲望も、なかなか大変なところに勤めておるようだ」

「うん……」

友寧の顔が不安げに曇《くも》った。暴虐な皇帝の下で仕事をしていれば、いつ他人の巻き添えを食らって処罰されるかわからない。しかも本人があれでは、心配するなというほうがむりだ。

「旦那様が、そんなへまするわけないだろ！」

鍋を洗い終えた啓璋が憤然とした様子で、会話に割り込んできた。

「旦那様はああ見えて、とても優秀な御方なんだ。四年前の戦だって、大功を立てられたのに。怪我《けが》さえなければ、閑職《かんしょく》に追いやられることもなかったんだ」

啓璋は全身を震わせ、唇を噛み締めた。友寧が慰めるようにその背中をさする。

「仲望は武官だったのか？」

春蘭は、あのぐうたらな姿で剣や槍を扱う姿を想像し——挫折《ざせつ》した。啓璋達には悪いが、信じることはできそうにない。そんな春蘭に気づくことなく、啓璋と友寧は、我がことのように胸を張る。

「禁軍では、弓の名手として名を馳《は》せてたんだぞ」

「狩りに出ては、たくさんの野鳥を獲ってきてくれたよね」

「どれも頭を一発で仕留めてたしな！」

しかし、春蘭はそれよりも気になった単語があった。

「〝きんぐん〟とはなんだ？」

「禁軍も知らないのか」

「知らぬな」

「禁軍は皇帝陛下直属の部隊だよ」

「旦那様はそこに所属しておられたんだ。どうだ、すごいだろ！」

「う、うむ」

二人の圧に、春蘭は怯む。しかし、やはりあの仲望からは到底、想像できるわけもなく。金を積んだか、親の伝手《つて》でも使ったのではないだろうかと、目の前の少年達に聞かれたら、激怒されるようなことを思った。

「ならば、怪我を負ったからと退官させられるよりは、よかったではないか。閑職とはいえ、官吏は官吏。屋敷でぐうたらしているだけで俸給がもらえるのだからな」

「旦那様を馬鹿にするな！」

「事実を言ったまで。さて、私はこれから屋敷の中を見て回ることにする。どちらか案内してくれぬか？」

「なんでそんなことしなきゃなんねーんだよ！」

「勝手に見て回ってもいいのなら、そうするが」

「ここに金目のものなんてねぇぞ！」

啓璋は目尻を吊《つ》りあげ、春蘭を威嚇する。金目のものを探していると言った覚えはないのだが、なにをそんなに怒っているのだろう。

「私の目的は金目のものではない。鄭玄楽の形見の品だ」

「それをどうするつもりなんだ」

「あるのかないのか答えよ」

「ねーよ！」

本当だろうかと、春蘭は啓璋から友寧へと視線を移した。すると、困惑した様子の友寧が、同意するように頷いた。

「あまり私物を持たれるほうじゃなかったから」

鄭玄楽の遺品があれば、それを手掛かりに居場所を占うことも可能だった。〝物〟は持ち主の気を一番に受けやすい。長く持ち続けていればいるほど、気は移《うつ》り香《が》のように色濃く残る。四年という時が経っているため、望み薄とは思っていたが、まさか一つもないのかと春蘭は落胆した。

「しかたない。では、私はこれから外に出てくる。昼になっても戻らぬかもしれぬが、心配はするな」

「誰が心配するか。そのまま帰ってくんな！」

「け、啓璋！」

「怒鳴ってばかりだと、のどが嗄《か》れるぞ。では、行ってくる」

慌てる友寧と、また声を荒らげる啓璋を残して、春蘭は卓を離れる。のどの荒れに効《き》く薬草を見つけたら、摘《つ》んできてやろうと思いながら、鄭家の門をくぐったのだった。

春蘭は青空の下、当てもなく歩きながら、さてどうしたものかと頭を悩ませていた。

「さて。どう食い扶持を稼ぐか」

今朝も占ってみたが、相変わらず結果は鄭家を指している。おそらく、このまま鄭家に留まっていれば、いずれ手掛かりを摑めるということなのだろう。しかし、問題はその期間だ。いつまで、という具体的な日数までは占えない。明日、判明することもあれば、一年経っても音沙汰なしということだってある。

目下のところの問題は、逗留費だ。守り神として、無駄飯ぐらいの居候になることだけは避けたかった。

――しかし、人が多いな。

大路が近くになるにつれ、じょじょに人通りも増えてきた。昨日は鄭家を一心不乱に目指していたため気にする余裕はなかったが、春蘭が守り神として生きてきた期間を含めても、こんなに大勢の人間を目にするのははじめてのことだった。

みなそれぞれに用事があるのだろうが、それにしても忙《せわ》しない。誰も小柄な春蘭のことなど気にも留めず、足早に通り抜けて行く。こちらが気をつけていないと、弾《はじ》き飛ばされてしまいそうな勢いだ。

「せめて白桃を出せれば、楽なのだがのう」

しかし、こんな往来で玉から呼び出そうものなら、大変な騒ぎになってしまう。春蘭はそれをここに至るまでの道中で、嫌というほど味わった。街道を警備する兵士らに囲まれたこともある。

「そもそも、どうすれば金銭を稼げるのだ？」

往来のすみっこで、春蘭は首を捻る。邑では畑で採れた野菜を行商に売って、物々交換をしたり金銭を得たりしていた。子供達の中には、裕福な家で家僕として働き糧を得る者もいたが、それはみな啓璋や友寧と似たような年頃の少年少女達ばかりだった。

神として敬われていた自分が、まさか働き口を探すことになろうとは、と春蘭は嘆息した。

――すると。

「うむ？」

春蘭の小さな耳が、微かな悲鳴のような声を拾った。さらに、なにやら激しく言い争う人の声。大路に面した小路地――その奥で、なにやら揉《も》めごとが起こっているらしい。声のするほうへ進み、塀の陰から通りを覗いてみれば、四人の粗野な風体の男達が二頭立ての俥を囲んでいるところだった。俥の傍らには、十五、六の娘ざかりの少女が二人。

男達は二手に分かれ、それぞれ少女達の腕を両脇から拘束《こうそく》するように摑んだ。

「姉様《ねえさま》から手を放しなさい。私達を花中書令《かちゅうしょれい》の姪《めい》と知っての狼藉《ろうぜき》ですか！」

顔を強張《こわば》らせた妹と思しき少女が、それでも気丈な態度で応じる。一方、姉のほうは具合がよくないのか、真っ青な顔で男達にされるがまま、抵抗する気力すらないようだ。

「人攫《ひとさら》いか」

春蘭は眉を吊り上げた。春蘭が守護する邑でも、たびたび人が拐《かどわ》かされることがあった。早くに発覚すれば、白桃を飛ばして対処もできるが、距離が離れてしまえばそうはいかない。子供を攫われ、泣き崩れる父親と母親をどれほど見てきたことか。

「そこまでにするがよい！」

春蘭は考えるよりも先に、飛びだしていた。男達は焦った顔をしたものの、声の主が年端もいかぬ子供だと気づいたのだろう。すぐにふてぶてしい顔に戻る。

「なんだ、こいつは？」

値踏みするような男達の視線に、春蘭はむっとして眉を寄せた。しかし、口を開く前に、焦ったような少女の声が響く。

「なにしてるの、早く逃げなさい！　大人を呼んで、助け、むぐぐっ」

声をあげられないように口を塞《ふさ》がれた少女は、真っ赤な顔で苦しげに唸っている。

「ぬしら、娘が苦しんでいるではないか。放してやれ」

だが、男達は揃って爆笑した。なにがそんなに愉快なのか、体をよじって笑う者までいる。

「ははは、こりゃすげぇ。俺達に向かって〝放してやれ〟だとよ！」

「よくわかってないんじゃねぇか？」

「ついでだ、そっちも捕まえとけ！」

「こっちは服はぼろいが、なかなかの器量だ。この年齢でも、妓楼《ぎろう》に高く売れるぜ」

げらげらと笑いあう男達に、春蘭は冷めた視線を送った。

　春蘭がまだ人であった頃より、人間の売買は法によって禁じられた。しかし、それでも女や子供を誘拐《ゆうかい》し、妓楼や商人屋敷の家僕にと、売り飛ばす不届き者は存在した。いつの世も変わらぬのだな、と春蘭は冷めた目で睥睨《へいげい》する。

「愚《おろ》か者め」

　感情の籠もらぬ声で「白桃」、と呟こうとした瞬間だった。突然、どこからともなく投げつけられた槍が、男達の足許に突き刺さった。

「てめぇら。俺様の管轄でなにしてやがる！」

　馬鹿でかい声に顔を向ければ、そこには仁王立ちする二十代半ばと思しき青年がいた。気の強そうな目尻が特徴的で、なかなか精悍《せいかん》な顔つきだ。しかし、これでもかと顔を顰め、男らを睨みつける眼差しは厳しい。

青年は短服の上から、胸甲と背甲を肩で結ぶ形の鎧甲を身につけていた。その外見から、華安の警備兵か、どこかの屋敷で雇われている私兵だということがわかる。

「くそっ、よりによって龍乎《りゅうこ》かよ！」

「相手は一人だやっちまえ！」

剣を手にした四人の男達は目配せしあうと、青年に向かって一斉に躍《おど》りかかった。

「俺様が姫子慮《きしりょ》だとわかって、向かってくんのか？」

明らかに不利な状況にもかかわらず青年――子慮は強気の姿勢を崩さない。それぞれの剣を振りかぶる男達を鼻先で笑い、腰に佩《は》いていた剣を抜き放った。

「てめぇら、刀剣の所持は違法だろうが！」

がきん、と鈍い音を立て、目前に迫っていた男の剣が真っ二つに折れる。茫然と立ちすくむ男の胴を薙《な》ぎ払《はら》い、向かってきた二人の男の剣を素早く弾く。そして、側面の塀を蹴って男達の背後に回ると、背中を蹴りつけ、よろけたところを剣の柄で頭を殴り気絶させてしまった。

「さて、残りはてめぇだけだぞ」

「く、くそっ！」

孤立無援となってしまった四人目の男は、形勢不利と見たのか、近くにいた春蘭の腕を摑み引き寄せた。

「動くな！」

首筋に感じるひんやりとした刃《やいば》の感触に、春蘭は「ふむ」と呟いた。さすがの子慮も人質を取られた状態では動くに動けず、こちらを睨みつけるしかない。

「こいつを殺されたくなかったら――」

「のう」

　春蘭は男の短服の袖を引き、声をかける。その、男が春蘭に意識を向けた一瞬だった。疾《しっ》風《ぷう》のように迫った子慮が、男の手から剣を撥《は》ね飛ばす。そして、片腕で春蘭の襟首を引っ掴むと俵のように担ぎ、体勢を崩した男の肩を切り裂いた。

「ざまあみろ！」

　剣の切っ先を尻餅をついた男の鼻先に向け、子慮は声高らかに哄笑《こうしょう》する。

「あなた、大丈夫！」

　子慮に担がれていた春蘭に、姉妹の妹と思しき少女が駆け寄ってきた。

「うむ。平気だ。ぬしのほうこそ、怖い思いをしただろう」

「え、ええ。私は大丈夫よ」

　春蘭の子供らしからぬ古風な言葉遣《づか》いに戸惑ったようだったが、少女はにっこりと笑って答える。姉のほうは、と見れば、俥に寄りかかっているところだった。あちらを人質にされたら、面倒なことになっていた。とっさに春蘭を選んだ男は、運がなかったといえよう。

「この俥はぬしらのものか。御者《ぎょしゃ》はどうした？」

「あ……そこで気絶して」

少女の視線を辿れば、俥の陰で倒れている中年の男がいた。胸が上下しているため、死んではいないようだ。少女は慌てた様子で御者の元へと駆け寄っていく。

「ふはははははっ！」

「おい」

「ふはははっ、はっ、ごほっ、ごほ！」

春蘭を担ぎながら笑い続ける子慮は、のどを詰まらせたのか盛大にむせはじめた。

「ぬしは、なにをやっておるのだ」

「う、うるせ、げほっ、勝利の雄叫《おたけ》びって、やつ、げほっ」

「むりにしゃべるな」

しゃがみ込んで荒い息をついている子慮の背を、肩から下りた春蘭はしかたなくさすってやった。

「ふぅ、死ぬかと思ったぜ」

「むせたくらいで人は死なぬぞ」

「気分だ、気分！」

すっくと立ち上がった子慮は、一つ咳払《せきばら》いをすると、倒れた御者に声をかけている少女へと向き直った。そして、頬を朱に染めながら口を開く。

「お、おおおお怪我はありませんか？」

「何回〝お〟をつけるつもりだ」

「ちょっと緊張しただけだ！」

焦った様子で子慮が否定する。少女は困惑するように子慮を見ながら、俥に寄りかかっていた姉の傍らへと移動した。妹に背を支えられ、青い顔をしながらも立ち上がった少女は子慮に向かって深く拱手《きょうしゅ》する。

「私は花翠蓮《すいれん》。妹は玉翠《ぎょくすい》と申します。この度は、危ないところを助けていただきありがとうございました」

「あ、う、いえ、俺――じゃなくて。私は龍乎虎慈《こじ》軍の隊長を務める姫子慮と申します」

「龍乎の方でしたか。どうりでお強い、あっ――」

眩暈《めまい》を感じたのか、翠蓮はふらりと体を傾かせる。咄嗟《とっさ》に少女を支えようと手を出した子慮だったが、それよりも先に玉翠が姉の体をしっかりと支える。行き場のない手を、子慮はそそくさとしまった。

「姉様、俥に戻りましょう」

「大丈夫よ。ちょっと眩暈がしただけだから」

「本当ですか？」

「ええ」

仲睦《なかむつ》まじい姉妹を見ながら、春蘭はどう声をかけるべきか逡巡《しゅんじゅん》している子慮に小声で話しかける。

「ぬしは御者の代わりに、姉妹を家に送り届けてやるとよい」

「それはいいが、ここどこだ？」

「先ほどその男らに、ここは自分の管轄だと言わなかったか？」

「おう。たぶん俺様の管轄だと思うんだが、今日はたまたま、見回り中に道を覚えてる奴とはぐれちまったんだよ。捜しているうちに、悲鳴を聞きつけてな」

子慮はそう言いながら、倒れている御者を助け起こした。「気絶してるだけみたいだな」と言って、俥に寄りかからせる。

「しかたねぇ。適当な奴を捕まえて、詰所に迎えを寄越すよう伝言を頼むか」

「そのほうがよいだろう」

「つーか、てめぇは誰だ？」

「今更だのう」

やれやれ、と春蘭が嘆息した時だった。大路の方向から、血相を変えた複数の男達が「翠蓮様！　玉翠様！」と姉妹の名を一心不乱に叫びながら、こちらへと向かって走り寄ってくる姿が見えた。全員が子慮のように鎧甲をつけ、腰に剣を佩いている。

「ぬしらの家の者達か？」

寄り添いあう姉妹に訊ねれば、安堵のためか涙ぐむ二人は何度も頷いた。家人達が来れば、もう問題はないだろう。

「では、私はこれで――」

「待って」

腕を摑まれ、春蘭は歩き出そうとしていた足を止めた。見れば、少しばかり憤慨した様子の玉翠がいた。

「助けてもらったのだから、お礼をするわ」

「気にせずともよい。それに、ぬしらを助けたのは私ではなくあの男だ」

「でも、あなたも私達を助けようとしてくれたわよね？　方法はちょっと無《む》謀《ぼう》だったけど、受けた恩義は返すのが筋。そうよね、姉様」

「ええ。ぜひ当家へお越しくださいな」

働き口を探すという目的はあるが、無闇矢《や》鱈《たら》に歩き回ったところでどうかなる問題でもない。これもなにかの縁《えん》か、と春蘭は頷いた。

「では、世話になる」

「あなた、話しかたが本当に変ね」

「神だからな」

「あら。今はそういう遊びが流《は》行《や》ってるの？」

違う、と言いかけて春蘭は口を噤《つぐ》んだ。今の自分は客観的に見て、くたびれた麻の短服を身につけた子供でしかない。押し問答が面倒だからとはいえ、あっさり春蘭の言葉を信じた仲望のほうが珍しいのだ。

腹はさほど減ってはいないと言った春蘭《しゅんらん》の前に、糖蜜《とうみつ》を惜しげもなく使用して作られた干菓子《ひがし》が出された。陶器の皿に山と盛られ、一度には食べ切れないほどである。口当たりのよい甘露茶も供され、なんとも贅沢な礼である。

「美味いな」

噛み締める度に滲みでる甘みに、春蘭は思わず顔を綻《ほころ》ばせ、もう一つと皿に手を伸ばす。食事は面倒だが、これは話が別だ。たくさん用意された干菓子はあっという間に半分に減ってしまった。

腹が膨れたところで手を止め、甘露茶でのどを潤しながら、春蘭は窓の外に広がる中庭へと目を移す。

眼前に広がる庭園は、見事の一言に尽きた。

大小様々な岩が配置され、その隙間から小さな滝が流れ落ちる。その先にあるのは、色とりどりの鯉が泳ぐ池だ。朱塗りの橋が架《か》けられ、見晴らしのよい場所には庭を愛《め》でて茶を楽しむための東屋《あずまや》もある。庭石の大きさや形、植木の品種にも細かい拘《こだわ》りが窺《うかが》えた。けっして質素すぎず、また華美でもない。落ち着いた雰囲気は、庭師の技量の高さだけでなく、主の人格のよさを髣髴《ほうふつ》とさせるものだった。

　そのような中庭を持つ屋敷であるから、当然のように房内の装飾や調度品も、すべて高価なもので満たされていた。

　鏡のように磨《みが》き込まれた卓や、壁に吊るされた水墨画《すいぼくが》の掛け軸。中庭を望むことのできる丸窓の縁には、蓮《はす》の花を象《かたど》った見事な彫刻《ちょうこく》が施《ほどこ》されていた。春蘭が手にしている茶器ですら、それなりに値の張るものなのだろう。

「ところで、ぬしはいつまで固まっているつもりだ？」

「うおっ！」

　急に話しかけられた子慮《しりょ》は、盛大に肩を揺らした。姉妹の屋敷に連れて来られたのは春蘭だけではない。人攫いから姉妹を救ったということで、子慮も有無を言わせずに俥に乗せられてしまったのだ。

「び、びっくりさせんなよ」

「いつまで惚《ほう》けているのかと思ってな」

　わなわなと震えだした子慮は、血走った眼差しを春蘭に向けた。

「子供にはわかんねぇだろうが、ここは花中書令《かちゅうしょれい》のお屋敷なんだよ。緊張しねぇほうがおかしいんだ。それに、も、もももしも、花中書令ご本人が在宅で、ま、ままま万が一、挨拶《あいさつ》に来られたら、お前、どうすんだよ！」

「私はどうもしないが？」

春蘭の言葉に、子慮はがくりと肩を落とした。

「お前はいいよな、ちんちくりんで。緊張する必要ないもんな」

「誰がちんちくりんだ」

「どっからどう見ても、ちんちくりんだろうが」

「見た目で人を判断するのか？」

「ちんちくりんは、ちんちくりんだぞ」

ぺしぺし、と子慮は春蘭の頭を手のひらで叩《たた》いた。煩《わずら》わしいその手を、春蘭は払い落とす。

「私には李《り》春蘭という名がある」

「じゃあ、ちびっ子は、どこのちびっ子だ？」

「私はぬしより年長者だぞ」

「迷子か？」

「ぬしと一緒にするでない」

再び頭に載せられた手を払い落とした春蘭は、なおもこちらに構ってこようとする子慮に、自分が子供ではないことを納得させるのを諦《あきら》めた。人とは、こんなに不便なものだったのだろうかと、憤りを感じながら。

「ところで、〝龍乎《りゅうこ》〟とはなんなのだ？」

「華安《かあん》で暮らしていながら、そんなことも知らねぇのかよ」

「知らぬから訊いておるのだろう」

　不機嫌そうな眼差しを向けられるが、春蘭は気にせずに言い返した。数百年の時を経《へ》た今、春蘭の周囲は知らないことばかりだ。

「そもそも私は、昨日華安に来たばかりなのだ」

「ちっ、じゃあしかたねぇな。ちびっ子だしな」

「最後は余計だ」

「龍乎っていうのはな、華安の街を守る警備隊だ。んで、俺様はその部隊の一つ、虎慈《こじ》隊の隊長だ。敬《うやま》え！」

「敬うに値する人物だとは到底思えぬな」

「よく難しい言葉を知ってんな」

　ぐりぐりと頭を撫でられ、春蘭の小さな体が前後に大きく揺れた。

「これ、止《や》めぬか。頭が取れる」

「取れるか、馬鹿」

「馬鹿はぬしの頭の中身だろうに。して、中書令というのはなんなのだ？」

「あー……偉い官吏？」

　中書令という言葉までは知っているが、その役職を詳しくは知らないようだ。これで華安の治安を守るという役目を果たせているのか、と春蘭は思わず疑ってしまった。

「つまり雲の上のお人だと思えばいい」

「ふむ」

あの姉妹は、身分の高い家柄の娘だったようだ。ならば、なぜ護衛も連れずに出掛けたのだろうと首を捻る。そんなことを考えながら、春蘭は甘露茶を口に含んだ。緊張に顔を赤くしたり青くしたりしている子慮を横目に、見事な中庭をじっくりと堪能していると、回廊から軽快な足音が聞こえてきた。

ちらりと子慮に視線を向ければ、すでに額に大量の汗を滲ませ、石像のように体を強張らせている。

「お待たせしてしまって、ごめんなさい」

色鮮やかな襦裙《じゅくん》に着替えた玉翠《ぎょくすい》は、にっこりと微笑《ほほえ》み上品な仕草で椅子に腰を下ろした。歳は十四になると聞いたが、こうしてすまし顔を見ているともう一、二歳は上に思える。

「姉君《あねぎみ》は大丈夫だったのか？」

「ええ。俥に酔《よ》ったみたい。落ち着いたら、ここへ来ると言っていたわ」

「むりはせずともよいぞ」

「姉様も、春蘭と子慮様にお礼が言いたいそうよ」

なんとも義理堅い姉妹だ。妹は多少、強引なところはあるが、恩人とはいえどこの子供とも知れぬ春蘭を対等に扱ってくれる辺りに好感が持てた。

「干菓子はどう？　お口にあったかしら」

「うむ。美味い」

「よかった」

にこにこと微笑む玉翠の隣では、先ほどよりも一層顔を脂汗塗《あぶらあせまみ》れにした子慮が、同意するように首を上下に動かしていた。春蘭の記憶では、子慮は干菓子を一口も食べていないのだが。

「ところで、なぜ護衛もつけずに外出していたのだ？　ぬしらは身分のある者の娘なのだろう？　不用心すぎるぞ」

「さっきから、みんなに同じことを言われて耳が痛いわ。遠出するわけではないから、平気だと思ったの」

　散々、使用人達から注意されたのだろう。軽率だったとは感じているようだが、玉翠は不服そうに眉を寄せた。反省してはいないようだな、と春蘭は溜息をついた。

「もしも私とこの男がいなかったら、今頃どうなっていたか考えよ。なによりも、ぬしらを守ろうとして、怪我を負った御者に申しわけないと思わぬのか」

　春蘭のきつめの声に、玉翠はぐっと言葉に詰まった。しかし、ここで黙っていられない男が一人。

「ちびっ子！　お前、お嬢様になんてこと！」

「子供の間違いを正してなにが悪い」

　使用人達は、花家に仕える立場だ。主である玉翠に、無謀なことはしないでほしいと哀願できても、強く叱ることはできないだろう。玉翠の態度から、反省の色が窺えないことがその証拠である。ならば、なんの柵《しがらみ》もなく、〝大人〟である自分が叱ってやらねばなるまい。

　膝の上で手を握り締めた玉翠は、俯きながら告げた。

「……だって、出掛けたいと言っても行かせてくれないもの。なら、こっそり行くしかないでしょう？」

「外に出してもらえぬ理由でもあるのか？」

　上級官吏の身内や裕福な商人の家族――それも、婚礼前の若い娘――ならば、外出が制限されるのも珍しくはない。しかし、まったく外に出してもらえないとなると、なにか別の理由がありそうだ。

「それは……この間、例の事件で曹《そう》家のご令嬢《れいじょう》がお亡《な》くなりになったでしょう？　だから、みんなぴりぴりしてるの」

「例の事件？」

　春蘭が首を傾げると、玉翠は大げさに目を剝いて見せた。その隣では、子慮がなぜか納得するように頷いている。

「あんな大騒ぎになっているのに、なにも知らないの？」

「私は故あって、華安に着いたばかりなのだ。そのため、世俗には疎い」

「今、〝攫猿《かくえん》〟という妖《あやかし》が、都を騒がせているのよ」

「ほう、妖とな」

　妖は、〝山界《さんかい》〟と呼ばれる人里離れた霊域に住みつく異形《いぎょう》の存在だ。その種類は多岐にわたり、名前がつけられた妖は一握りほどと言われている。春蘭自身、守り神として長い年月をすごしていることもあり、妖にかんする知識は人よりも多い。それでも、すべてを網羅《もうら》しているわけではなかった。

攫猿か、と春蘭は眉を寄せながら呟いた。

攫猿は雄が一匹で縄張りを作り、繁殖のために人里から婦女を攫う。攫われた女は攫猿の妻とされ、子を身籠もれば人里に返される。己の子を人の手により養育させるのである。その子を殺せば攫猿の怒りに触れるため、人々は恐れながらも育てざるを得ない。

また、産まれた子は人とほとんど区別がつかず、攫猿が出るといわれている邑里《むらさと》では、成人した子には特別な姓を名乗らせ区別していると聞く。間違っても、その子を殺してしまわぬように――。

妖は固有の気配を持つため、春蘭が守護する邑に近づいた場合は、白桃を出して追い払ってきた。神獣に敵うような妖は滅多にいない。故に被害があるのは、守り神のいない邑と決まっていた。

「それは本当に攫猿なのか？」

「ええ。間違いないと聞いたわ」

妖は滅多なことでは、人が多く住む場所には近づかない。被害に遭うのは、いつも都から遠く離れた地方の邑だ。

「攫猿は、形は猿に似てて、身の丈は成人した男性の倍はあるそうよ。しかも、子を産ませるために婦女を攫うんですって。子ができれば邑に帰されるけれど、子ができない女性は留め置かれると聞いたわ。やがて山界の気に耐えられず、数年でその姿を攫猿に変え人であったことを忘れてしまうそうよ。人が妖になるなんて、怖いわよね」

「……ふむ？」

春蘭は初めて聞く話に首を傾げた。確かに、山界に長くいれば人を狂わせる。その大半が、正気を失い、餓死か、他の妖の餌《えさ》になるか、だ。

だが、人が攫猿に変わったという話は耳にしたことがない。もしかすれば、それは人々の間で囁《ささや》かれているうちに、正しい情報として定着してしまった飛語の類《たぐ》いだろうか。だが、人にはそのような理《ことわり》がわからないだろう。

「十日前、張高厳《ちょうこうげん》様のお屋敷に攫猿があらわれて、十六になるご息女が殺害されたの。その三日後には、黄如恵《おうじょけい》様の十一になったばかりのご息女が。さらには一昨日、曹文親《ぶんしん》様の姪にあたる方が攫猿のせいで亡くなられたらしいわ」

「攫うのではなく、殺したのか」

攫猿は婦女を攫うが、それはあくまでも子を生すためだ。戯れに人を殺すわけでも、人を食うわけでもない。春蘭の知る攫猿は、わざわざ都にあらわれて、無意味な殺生をするような妖ではなかった——よほどの理由でもない限り。

「ええ。何人もの目撃者がいるわ。被害に遭われたのが、狙いすましたように位の高い官吏様のお屋敷だったものだから、家人達もぴりぴりしてしまって」

「玉翠の父親も高官なのだな」

「両親は私が小さい頃に亡くなったわ。それ以来、父の兄である興奏《こうそう》伯父《おじ》様の許に身を寄せているの。伯父様は中書省《ちゅうしょしょう》長官よ」

「それはどういった職なのだ？」

「……偉い官吏ってこと」

子慮と変わらぬ返答に、春蘭はやれやれと溜息をついた。見れば子慮もけっしてこちらを見ようとはしない。

「そのような事情があるならば、余計に外出を控えなければならぬのではないか？」

「大丈夫。攫猿は夜間しか行動しないもの」

「そういう問題ではない」

胸を張って見せる玉翠に、春蘭は呆《あき》れた。一度、危ない目に遭っているにもかかわらず、玉翠は懲《こ》りるということを知らないようだ。良家の子女とは、もう少しお淑《しと》やかで分別を身につけているものではないのだろうか、と首を捻る。

「でも、攫猿が捕らえられるのは時間の問題よ。皇帝陛下の勅命《ちょくめい》で、禁軍が動かされるそうなの。きっとすぐ退治されるわ」

「ほう」

するとなにやら、子慮が面白くないといった様子で腕組みをする。禁軍の介入に、思うところがあるようだ。

「不満か？」

「当たり前だろ。俺達だって、化け物を捕まえるために毎晩のように駆けずり回っているんだ。だいたい、お偉いさんの屋敷の警備だって、龍乎に任せてくれりゃよかったんだ。それなのに、優秀な私兵がいるから必要ないと断りやがって。それでいて、被害が出たら龍乎のせいだと責任転嫁。挙句《あげく》の果てには、禁軍の動員だ。やってらんねぇよ」

そこまで言い切ったあと、はっとしたように玉翠を見た。玉翠は気にした様子もなく、興味津々といった様子で子慮の話を聞いている。

「しかし、軍を動かすとは、たかが妖一匹に大層なものだな」

「ええと……皇帝陛下のご威光を守るため、だったかしら？　伯父様が色々と話してくださったのだけど……」

玉翠がしどろもどろに説明にならない説明をしていると、助け船は意外なところからもたらされた。

「――妖の出没は、世の乱れ。つまり皇帝陛下の威光が衰《おとろ》えてきた証拠だ、と流言が飛び交いはじめたからよ。伯父様がそうおっしゃっていたでしょう？」

「姉様！」

房の入口に顔を向ければ、玉翠の姉、花翠蓮《すいれん》の姿があった。

色の控え目な襦裙に着替えた翠蓮は、玉翠とさほど歳が離れていないにもかかわらず、こちらは大人びた雰囲気を漂わせている。翠蓮の登場に、また子慮が条件反射のように体を固くした。

「具合はもうよいのか？」

「ええ」

翠蓮は流れるような足取りで房に入ると、春蘭と子慮に向かって深々と頭を下げた。

「先ほどは私達姉妹を助けていただき、本当にありがとうございました。春蘭と子慮様がいらっしゃらなければ、どうなっていたことか。いくら感謝してもし切れません」

「よい。因果というものは、よいことも悪いことも回り回ってくるもの。そなたらの日々の善行が、今回のことに繋《つな》がったのであろう」

春蘭の大人びた物言いに、翠蓮は目を見張った。そして、わずかに戸惑ったように微笑む。どう対応してよいか悩んでいる様子だ。一方、子慮は顔をより真っ赤にし、口をぱくぱくと金魚のように開閉していた。

「お褒めいただき、光栄ですわ」

「そうか」

和やかな雰囲気が漂う中、ただ一人、玉翠だけが面白くないといった表情をこちらに向けていた。それに気づいた春蘭は、玉翠がなにか言う前に口を開く。

「翠蓮には反省の色が見える。きちんと反省している者に、厳しい言葉は必要なかろう？」

「もう！　春蘭の馬鹿！」

「恩人にその言いかたはなんですか」

「うっ」

玉翠は姉からの叱責にびくっと体を震わせたあと、頬を朱に染めながら小声で「だって」と呟いた。どうやら、翠蓮には頭があがらないらしい。

「玉翠は、二度と護衛もつけずに外出しようとは思わぬことだ。攫猿の騒動が一段落すれば、自由に外出できるようにもなろう」

「そうですよ。禁軍の奴らなんかじゃなくて、俺がすぐに攫猿を退治して見せます！」

それができなかったから、禁軍が出てくることになったのでは、という言葉を春蘭は呑み込んだ。代わりに翠蓮が鈴の鳴るように可憐《かれん》な声で、「頼もしいですわ」と微笑む。なるほど、それが正解か。

「さて、私はそろそろ帰るとしよう。世話になったな」

「もう？　ゆっくりしていけばよいのに」

「気遣いは無用だ。街の見物に出たようなものだからな」

「なら、今度は私が街を案内してあげるわ！」

「玉翠……。先ほど、外出は控えるようにと言ったばかりだぞ？」

やはり懲りていなかったのか、と春蘭は嘆息した。見れば、翠蓮も苦笑している。どこまでも懲りない少女だ。

「で、でも、次はちゃんと護衛を」

「私は、そんな仰々《ぎょうぎょう》しい供を連れて歩きたくはないな」

言葉に詰まった玉翠は、諦め切れないのか春蘭に恨みがましい視線を向けてきた。

「じゃあ、また会ってくれる？」

「玉翠」

咎めるような翠蓮の声に、玉翠は不満げに眉を寄せた。

「だって……」

厳しい説教をしたにもかかわらず、玉翠は春蘭を気に入ったようだ。外出できないというならば、友を家に招くことくらい許されるだろう、と姉に主張する。だが、妹の哀願に翠蓮は困ったように微笑むだけだった。春蘭の服装から、平民の——それもかなり階級の低い家の子だと推測したのだろう。妹のわがままが、恩人の迷惑になってはいけない——そんなところか。それこそ平民の子になど、配慮しなくてもよさそうなほど身分のある姉妹なのだが。

「春蘭の迷惑よ」

「そんなことないわ。そうよね、春蘭？」

玉翠に悪気がないだけに、春蘭は苦笑するしかない。そもそも、春蘭には玄楽《げんらく》を捕らえて真名《まな》を取り戻すという使命がある。そのためにも鄭《てい》家に居候するべく、食い扶持を稼がねばならない。玉翠の相手などしていられないというのが本音だ。

しかし、それを口にすればこの少女のことだ、自分が食費を払うと言い出し兼ねなかった。それこそ、屋敷まで押しかけられたあかつきには、面倒事を持ってくるなと啓璋の怒りが爆発しかねない。気の強い者同士、啓璋と玉翠の相性は悪そうだ。

「そうだな……。では、手が空いた時に顔を出すようにしよう」

「本当に？」

「ああ。だから、無闇に外へ出るではないぞ」

嬉々《きき》として頷いた玉翠に対し、翠蓮は申しわけなさそうな視線を春蘭に向けた。それは、断ってもよいのよ、と物語っているようだ。

「気にするな。これもなにかの縁だ。ところで、この残った菓子を貰ってもよいか？」

「気に入ったの？」

「うむ」

甘い干菓子を持ち帰れば、啓璋達も喜ぶだろう。すると春蘭のとなりで、子慮がもぞもぞと体を動かす。

「あ、では俺――じゃなくて、私も仕事がありますので」

「子慮様には、別にお礼の品を……」

「いいえ！　私は自分の仕事をしただけですから！」

子慮は翠蓮の申し出を慌てて断った。そして、あまりにも慌てすぎたせいで卓の端に足をぶつけ、姉妹には気づかれないように苦悶《くもん》する。涙目になりながらも引《ひ》き攣《つ》った笑みを浮かべている子慮に、落ち着きのない奴だのう、と春蘭は呆れた。

「では、またな」

小綺麗な布に包まれた干菓子を手に、春蘭は子慮と共に花家を後にした。

本日の収穫は、干菓子と二人の友人。

さて、この縁には意味があるのか、それとも単なる偶然のまま終わるのか。こればかりは、どれほど優秀な占師でもわからないだろう。

「ところで、ぬしは帰り道がわかっておるのか？」

「──ああっ！」

春蘭の隣を当然のように歩く子慮だったが、そう指摘され、思わずといった風に声をあげた。

「花家の者に道を訊《たず》ねればよかったものを」

「馬鹿野郎！　んなかっこ悪いことできるか！」

「では、当初の予定通り、道行く者に詰所の場所を訊ねて回るのだな」

「そ、そうか。ちなみに、ちびっ子は詰所までの道を知らねぇか？」

「華安には、昨日来たばかりだと言っておろうに」

「あ、そうだったな」

じゃあ、適当に捕まえるか、と子慮が辺りをきょろきょろと見回した時だった。四つ辻を猛烈な勢いで曲がり、こちらに向かって土煙《つちけむり》を上げながら突進してくる小柄な青年がいた。

「みーつーけーまーしーたーよー！」

「あ、文重《ぶんちょう》」

子慮の前で停止した青年は、ぜえぜえと肩で荒い息をつく。文重と呼ばれた青年は、子慮と同じ龍乎のお仕着せをまとっていた。年齢は子慮のすぐ下くらいだろうか。これといった特徴のない、平凡そうな顔だ。よほど走り回ったのか、髪が乱れに乱れ、汗で額や頬に張りつく様はなかなか鬼気迫るものがあった。

「いったい、どこに行っていたんですか！」

「お前こそ、勝手に離れやがって。大変だったんだぞ」

「なに言ってるんですか！　美味そうな匂いがするとかなんとか言って、急に走り出したのはどなたです。いつまで経っても巡回経路を覚えないくせに、勝手に突っ走らないでください！」

「ついて来ないお前が悪い」

「隊長の足について行けるわけがないでしょう！」

猛然と抗議する青年は、どうやら子慮が言っていた〝道を覚えてる奴〟なのだろう。気の毒なことだ。春蘭は同情するような眼差しを文重に向けた。

「隊長は目を離すと、いつも面倒事に首を突っ込むんですから。少しは自重してください」

「だが、そのお陰で人助けできたぞ」

「なんですか。重い荷物を抱えた老人でも見つけて、家に送り届けたんですか？」

「人攫いから、花中書令の姪御様を助けた」

どうだ凄《すご》いだろう、と言わんばかりの態度で子慮は胸を張って見せた。しかし、得意げな上司を見る部下の目は冷ややかだ。

「嘘《うそ》をつくならば、もっとまともなものにしてください」

「ばっ、ちげぇよ！　本当だって！」

「百歩譲って人攫いの部分は認めましょう。ですが、花中書令の姪御様が、ふらふら出歩いてるわけないでしょうが」

いや、それが出歩いていたのだ、と春蘭は内心で呟く。だが、その現場に居合わせなかった文重は、信じられないようだった。

「おい、ちびっ子。こいつに本当だと言ってやれ！」

急に話を振られ、春蘭はやれやれと肩を竦めた。青年はここでようやく春蘭の存在に気づいたようで、困惑するような表情を浮かべる。

「子慮の話はまことだぞ」

「……ええと、迷子かな？」

「迷子はこの者だけだ。私は違う」

「そうだよね、一緒にしちゃってごめん。お家はどこかな？　送って行ってあげるよ」

「だから、迷子ではないと言っておる。ぬしらは本当に人の話を聞かぬな」

「うん、俺もこの人と一緒にしないでね？」

「俺様だって、てめぇと一緒にされてたまるか！」

「隊長は迷子のくせに偉そうなんですよ。もう少ししおらしく……いえ、やっぱりそのままでいいです。気味が悪いので」

「んだと！」

こやつらを置いて、さっさと帰ってはいけないものか、と春蘭は嘆息したのだった。

言葉を尽くし、ようやく自分が迷子ではないと理解してもらった春蘭は、なぜか子慮の二の腕に座るような格好で運ばれていた。

杜《と》文重と名乗った青年が、最近はなにかと物騒だから大路まで送ると言って聞かなかったからだ。いざとなれば自分には白桃《はくとう》がいるのだが、文重の目には春蘭はか弱い子供にしか映らないのだろう。今の体はつくづく不便だ。さらに途中から歩き疲れたのではないかと心配し、子慮に抱きあげるようせきたてたのだ。

文重は、虎慈隊の隊長である子慮の副官なのだそうだが、彼の辞書には遠慮という言葉はないようだった。

「背が高いというのは、よいことだな」

子慮の肩に摑まりながら、春蘭はきょろきょろと辺りを見回す。今、歩いている道は大路ではないが、それなりに人通りのある脇道であった。

小さな店が軒を連ね、中には道にはみ出すようにして品物を広げている者もいる。少しならば問題はないが、決められた以上にはみ出している場合は規則違反に当たるらしい。そのため、先ほどから文重が周囲に目を光らせている。一方、子慮はそういったことに興味はないようで、「攫猿でねぇかな、攫猿」と、物騒な台詞《せりふ》を呟いていた。どうやら、先ほどの言葉は本心からのものだったようだ。

しかし、口を閉じていると強面《こわもて》に見える子慮だったが、市民からは意外と人気があるようで、引っ切りなしに声をかけられていた。中には頬を赤く染めた若い娘の姿もあったほどだ。

「ちびっ子は軽いな。ちゃんと食ってんのか？」

「今朝は芋粥を食った」

「それだけじゃ、すぐに腹が減るだろ。どれ、近くの店に――」

「これ、どこに行くのだ。文重に叱られるぞ」

さっそく単独行動に走ろうとする子慮を、春蘭は溜息交じりに咎める。まだ知りあったばかりだが、子慮という男はとても本能に忠実だ。悪くはない。悪くはないが、それに振り回される者達は大変だろう。

「姫《き》隊長っ！」

通りに大声が響いたかと思うと、人波の奥から警備隊の兵士と思しき男が一人、必死に手を振っていた。名を呼ばれた本人は、無邪気な子供のように目を輝かせる。

「攫猿か！」

「ぬしの頭にはそれしかないのか」

「そんなわけないでしょう。攫猿だったら、もっと大騒ぎになっていますよ」

往来を行き交う者達は普段通りで、変わった様子は見られない。文重の言う通り、攫猿が出たら大変な騒ぎになっていたことだろう。

「一人で帰れるか？」

「はじめから私は、送ってもらわなくても大丈夫だと言っていたのだがの」

春蘭を下ろした子慮は、嬉々として走りだした。そのあとを、「隊長、どこに行くんですか！　そっちじゃありませんよ！」と文重が叫びながら追いかける。

「やれやれ。騒がしい者達だったな」

これもまた縁か、と春蘭はひとつ頷いた。その縁が繋がっているようであれば、再び相見《あいまみ》えることもあるだろう。願わくば、真名を取り戻してさっさと邑に帰りたいものだが。

第四章

「おや、珍しい顔だ。今日は雨でも降るのではないですかな?」と、聞こえよがしに嫌みをぶつけてくる同輩達に辟易《へきえき》しながら、仲望《ちゅうぼう》は紫宝宮《しほうきゅう》へ向かうべく、迷路のように入り組んだ回廊を歩いていた。

この時季の華安《かあん》では、雨が降ることなど滅多にない。あまりにもわかりやすい嫌みだったが、自分が参内しただけで雨が降るなら、さぞ啓璋《けいしょう》と友寧《ゆうねい》に喜ばれよう。畑に水をまく手間が省《はぶ》ける。

「あー、そりゃいいですね」と気のない言葉を返し、相手が反応する前にさっさと歩き去るといったことを繰り返す。いっそ聞こえない振りでもしようかと思いはじめた頃、ようやく人気《ひとけ》のない場所に辿り着いた。

そこは殺風景な中庭だった。中央に植えられた桃の木以外に、なにもない。位置的には、皇帝が政務を執る紫宝宮の左隣、滅多なことでは官吏達も足を踏み入れることのない大冥《たいめい》宮《きゅう》の最奥に当たる。

中庭に面した房の管理権は中書省《ちゅうしょしょう》にあり、政《まつりごと》的に重要度の低い書類ばかりが集められている。それらを種類別にまとめて綴《つづ》ったり、欠損や虫食いを補修したりするのが仲望の主な職務だ。いわゆる閑職である。

他の官吏達からは、ただ飯食らいと揶揄《やゆ》されているが、仲望にとっては、勝手に休んだところで上官から叱責を受けない、仕事の出来不出来も問われない、ある意味、理想郷のような職場だった。

ちらりと房を覗いて、なんの変わりもないことを確認する。うっすらと積もる埃《ほこり》には、見て見ぬふり。その内に、見かねた誰かがやってくれるだろう。

すると突然、肌が粟立《あわだ》つような鋭い殺気を感じた。だが、あえてなにも反応せずにいると、回廊の床に一本の匕首《あいくち》が突き刺さる。

「避ける素振りくらい見せろ」

不機嫌そうな表情を顔に貼りつけ姿をあらわしたのは、仲望より二、三歳ほど年上の、精悍な容貌の人物だった。

上背もあり、肩幅も広い。袖のない鎧甲を着用した、明らかに武官といった出で立ちの男は、名を韓楊秀《かんようしゅう》といった。仲望の同輩であり、四年前の戦の功労から、禁軍右飛龍《うひりゅう》将軍として一軍を預かっている。父親同士に親交があり、幼い頃から苦楽をともにしてきた、幼《おさな》馴染《なじ》みであり悪友とも呼べる人物だった。

「どうせ外すつもりだったのだろう？　なら、避けるのも面倒だ」

「呆れた奴だな。珍しく仕事をしに来たと思えば、どこに行くつもりだ？」

「中書令《ちゅうしょれい》に呼び出された」

「なにかやらかしたのか」

「ずっと屋敷に籠もっているのに、なにをやらかすというんだ」

花《か》家の家僕が鄭《てい》家にやって来たのは、早朝のこと。それから、屋敷はてんやわんやで、久々の出仕に張り切る啓璋と友寧によって身嗜《みだしな》みを整えられ、花家が用意してくれた俥に押し込められてしまった。仲望は一言も、参内するとは言っていないにもかかわらず、である。

「そういえばお前、悪女に騙《だま》されているそうだな」

「……は？」

「うちの家僕が鄭家に寄った際、啓璋から愚痴を聞かされたらしい。異性に対し、興味を見せぬお前には珍しい――いや、天変地異にも等しいことだが、悪女はいかん。啓璋と友寧が悲しむ」

その悪女とやらにまったく心当たりはないが、先日、いきなり屋敷に押しかけてきた少女にならば心当たりはある。しかし、春蘭《しゅんらん》をどれほど眺めても、楊秀の思うような悪女には見えなかった。

「近々、暇を取って様子を見に行くつもりだが、私は相手がか弱き女人であろうと容赦《ようしゃ》はせんぞ。鄭家に害を為すようであれば、力ずくでも追い出すつもりだ」

しかし、春蘭も――彼女が楊秀のいう悪女であるなら――そう簡単には追い出されたりしないだろう。啓璋がいくら騒いでも、眉一つ動かさなかったくらいだ。否定すればいいのだが、それもまた面倒なので仲望は曖昧な笑みで誤魔化した。実際に見てもらったほうが、手っ取り早い。

「第一、だ。啓璋と友寧がいるにもかかわらず、そんな得体の知れない女を連れ込むなど、二人の教育にも悪い。そもそも、お前がそのようにのほほんとしているから、悪い女につけ込まれるのだ。もっと毅然《きぜん》としろ。毎朝、剣の素振りをすれば煩悩《ぼんのう》を払えるぞ。そうだな、最低でも千回は行うといい。なかなか爽快だぞ」

　会話をしているだけで疲れるが、昔からこうなのだからどうしようもない。放っておけば、筋肉がないだの、ちゃんと食べているのかだのとうるさいため、仲望は相手の意識を逸らすことにした。

「そういえば、妖《あやかし》退治に禁軍を動かすようだな」

　仲望は、回廊ですれ違う官吏達が、口々に噂《うわさ》しあっていたことを思い出した。

　禁軍は、左右飛龍軍、左右虎伏《こふく》軍、左右北星《ほくせい》軍から成り立つ。一つの軍が三万の兵からなるため、総力十八万の大軍である。動かすといっても全軍を出すわけではないだろうが、それでもかなりの規模になるだろう。

「愚かな話だ。禁軍から気術《きじゅつ》兵を一人二人龍乎《りゅうこ》に貸し出せば、それで充分だというのに」

「陛下は噂を気にされたのか？」

「皇帝陛下の威光が衰えているというあれか？　それならばまだいい。陛下が禁軍を動かしたのは、黎貴妃《れいきひ》に懇願されたからだ」

忌々《いまいま》しいというように、楊秀は吐き捨てた。

「件《くだん》の寵妃《ちょうひ》か」

黎貴妃が後宮に入ったのは、今から一年と少し前のこと。幼い頃に人攫いに遭い、奉公先の屋敷から逃げたところを、近くの邑《むら》で保護されたらしい。しかし、その美貌《びぼう》からすぐに役人の目に留まり、皇帝への貢ぎ物として後宮に送られることとなった。

すぐに皇帝の寵妃となった黎貴妃は、昨年の終わりに男児を出産している。後宮での権力は、皇后に継ぐと目されていた。閉ざされた場所でも、人の口に戸は立てられない。漏れ聞こえてくる噂は、よくないものが大半であった。

「攫猿が後宮にまで侵入するのではないかと思うと、夜も眠れないそうだ。後宮はまさに禁軍が警備を敷いているのだ、妖ごときに後れを取るわけもない。だが、陛下はその訴えを真に受け、禁軍を動かす勅令を発せられた」

「動機はなんであれ、華安の者達にとっては、歓迎すべきことだ。けっして少なくない犠牲者が出ているのだからな」

「むろん、私とてそうは思うが……」

職務に対する矜持《きょうじ》の高さゆえに、感情の落としどころがわからないといった様子で、楊秀は厳しい顔つきをした。面倒臭い奴だなと、仲望は内心で溜息をつく。

「それで、どの軍が出るんだ？」

「我が右飛龍軍だ。ちょうどいい。実はその件で、お前に協力してもらおうと思っていたのだ」

「……俺に？」

嫌な雲行きを察知した仲望は、後退《あとじさ》りする。しかし、逃がしてなるものかと、楊秀がすかさず腕を掴んだ。

「聞くところによると、攫猿はいつも屋根伝いに移動するらしい。馬よりも速く、見つけてもあっという間に逃げ去ってしまうそうだ。そこで、だ。禁軍一といわれた弓の腕を見込んで頼む。攫猿を射てほしい。なに、とどめはこちらで刺す。むろん、成功の可否にかかわらず報酬《ほうしゅう》は弾ませてもらうぞ。悪い話ではないだろう？」

乏《とぼ》しい俸給で家計をやりくりしている啓璋達が聞けば、手を叩いて喜びそうな話だ。しかし、仲望は露骨に顔を顰めた。

「断る」

「今回はどうしてもお前の力が必要なのだ。理由は不明だが、例の猩猩《しょうじょう》緋《ひ》も攫猿を追って動いている。どうあっても、奴らに先を越されるわけにはいかない」

猩猩緋――それは血を思わせる、鮮やかな深紅色を指す言葉だ。

だが、華国《かこく》では違う。

〝――義賊、猩猩緋〟

誰が名乗ったわけでもない。体のどこかに身につけている猩猩緋色の布から、いつの間にかそう呼ばれるようになったのだ。

　猩猩緋が標的とするのは、民を虐《しいた》げる官吏や貴族、商人といった者達である。屋敷や店を襲い、略奪した金品は貧困に喘《あえ》ぐ民に還《かえ》す。三年前、東都《とうと》に出没したことを皮切りに、その活動範囲は今や華国全土にまで及んでいる。

　むろん、宮廷もそれを無視していたわけではない。華国の十の道、百有余の州、すべてに猩猩緋の捕縛命令が下った。しかし、捕らえられるのは末端のみ。首領どころか、幹部の情報すら持たない者達ばかりだった。

「猩猩緋が攫猿を？」

　唐突に登場した義賊の名に、仲望は首を捻った。攫猿と義賊——その二つの接点が、皆目見当もつかない。それは楊秀も同じようで、「理由はわからん」と告げた。

「だが、猩猩緋の布を巻いた者が、攫猿を追う姿が目撃されている。もしかすれば、自分達で都を騒がす妖を討ち取り、我々禁軍——ひいては皇帝陛下の権威を地に落とす計画やもしれん。だからこそ、奴らよりも早く攫猿を葬《ほうむ》らなければならんのだ」

「なるほどね。でも、それなら、龍乎と協力体制を取ればいいだろ。俺一人よりも、龍乎の弓兵百人のほうがよほど役に立つぞ」

「断られたから、お前を頼っている。あちらはあちらで攫猿を退治するらしい。〝協力してほしければ、皇帝陛下の勅命でも持って来い〟との返答だ」

仲望は思わず、片手で額を押さえた。

名家の子息を中心に構成されている禁軍に対し、龍乎の兵士達は全員が平民か農民の出だった。禁軍は龍乎を小役人と嘲笑い、龍乎は禁軍を皇帝の狗《いぬ》と罵る。それは今にはじまったことではなく、もう長い間、負の慣習として受け継がれてきたものだった。今更、双方の認識を覆すことは、一本の矢で月を射るよりも難しいに違いない。

「攫猿の件は、すでに決定事項だ。拒否してもいいが、その場合は花中書令に頼み込んで命令書を持って行くことになる」

「それはさすがに卑怯《ひきょう》だぞ」

「なんとでも。お前もそろそろ中書令のところに行け。途中まで送ろう」

「もう帰りたくなってきた……」

今日は散々な日である。上官からの呼び出しに嫌々出仕したら、別件の面倒事を押しつけられてしまった。中書令には、いったいなにを命じられることか。考えるだけで億劫だ。

「行かねば、もっと面倒なことになるぞ」

「……わかってるよ」

仲望はしかたなく、楊秀と連れ立って歩きはじめた。

大冥宮を抜ければ、紫宝宮はすぐそこだ。無人の回廊にも再び人の気配を感じられるようになった。しかし、楊秀がいるため、仲望の顔を見ても嫌みを投げかけてくる官吏は一人としていない。

巨大な朱塗りの柱が立ち並び、天井を見上げれば鳳凰《ほうおう》やら獅子《しし》やらと、華美な絵画が描かれる。ここにはじめて足を踏み入れた者達は、その壮麗な光景に目を奪われることだろう。
政治の中枢である紫宝宮。
官吏達はみな、ここを通って己の持ち場へと通っている。仲望は面倒臭いという理由から、下働きの者達用の通路を使っていた。紫宝宮を通って大冥宮に行くと、かなりの遠回りになる。

紫宝宮には、華国の歴史が詰まっているといっても過言ではない。

華王朝は、誕生からすでに二百五十年余りが経とうとしている。この国を治めているのは、皇帝と五大夫《ごたいふ》と呼ばれる者達だ。五大夫は、禁軍を退役した武官と、三省に属し、中書令、侍中《じちゅう》、尚書令《しょうしょれい》のいずれかを勤めあげた文官から選ばれる。

皇帝の専横を抑止する存在である五大夫には、様々な特権が認められていた。官位によって養える私兵の数は決まっているが、五大夫はその規則には当てはまらず、王都以外での領地に配する限りは数の制限はないとされる。

また、皇帝が中書省に命じ作成させた勅旨に意見することができ、全員の同意があれば差し止めることも可能だ。その他にも、数限りない特権が彼らには認められていた。

今から三十年前のこと。

孝仁《こうじん》帝が死去し、帝位を世襲したのは僅か五歳の幼帝であった。真っ先に権力を握ったのは、幼帝の傍に仕える宦官《かんがん》達である。宦官は皇太后と結び、権力を我が物にしようと目論《もくろ》んだ。その企《たくら》みは成功し、一年という短い間ではあったが、権力を思うがまま行使することとなった。

しかし、彼らは五大夫を取り込むことを怠った。宦官の専横に不快を示した五大夫達により、幼帝は皇宮より奪取される。その上で、首謀者一味は捕らえられ一人残らず斬首《ざんしゅ》された。皇太后は離宮に幽閉《ゆうへい》され、一年後、自らの立場を悲観し毒を呷《あお》ったとされる。

皇太后の失脚により権力を握ったのは、五大夫の一人、黄守真《おうしゅしん》という人物だった。武官である黄守真は幼帝の身辺から文官を排除し、息のかかった武官で固めた。数年の間、政治の中心に居座るが、権力の濫用も朝廷の外に及ぶことはなかった。ある意味、民にとっては平穏な時代だったといえよう。しかし、黄守真の失脚を目論んだ者がいた。

名は蘇宇陽《そうよう》。

五大夫の一人であり元中書令の蘇宇陽は、皇帝ではなく一人の武官の下に権力が集中することを危ぶんだ。また、武官ばかりを優遇し、文官を蔑《ないがし》ろにされたことで不信感を募らせていた。のちに華北《かほく》の乱と呼ばれる事件が起こったのは、黄守真が権力を手にしてから五年後のことである。

蘇宇陽は、義弟であり皇帝に仕える宦官であった蘇虎盛《そこせい》と謀《はか》り、隙をついて皇帝の身柄を移すことに成功した。さらに皇帝から勅旨を得ると、権力を私物化したとして黄守真を責めたのである。黄守真から五大夫の地位を剥奪した上で一族を三親等まで処刑し、残った者達は例外なく都を追われた。

黄守真らの粛清《しゅくせい》は成され、その主導者である蘇宇陽が次に権力を握るかと思われた。

しかし、黄守真の処刑より五日後。蘇宇陽は宮中で倒れ、そのまま二度と目を開けることはなかった。あまりにも突然に訪れたその死には、黄守真の呪いだという噂が都に流れたという。

次に起こったのは、醜い覇権争いだった。この時、皇帝はわずか十四。彼は時々の権力者にその身を左右されながら、二十歳という若さでこの世を去ることになる。諡《おくりな》を憲帝《けんてい》といい、臣下の私欲に翻弄された人生だった。

憲帝には子がなく、太子として定められていたのは、憲帝の弟、幽帝《ゆうてい》である。この皇帝はその諡の示す通り、暗君としか言いようのない人物であり、美女を侍《はべ》らせ享楽に耽《ふけ》り政を官任せにした。

しかし、重度の肺病を患《わずら》い、帝位を継いだ二年後には床より起き上がることすら困難となる。数年後、誰に惜しまれることなく他界。幽帝にも子はなく、次の帝位には、憲帝、幽帝兄弟の叔父《おじ》に当たる李沸儀《りふつぎ》――現在の皇帝が担ぎ出された。

今年齢《よわい》四十五を数えるが、その業績は〝凄惨《せいさん》〟の一言に尽きる。

三十八歳で帝位に就くなり沸儀が行ったのは、帝位継承権を有する皇族の粛清――公子らが事前に決起したため〝華玉《かぎょく》の乱〟と呼ばれる――であった。粛清の剣は、赤子に至るまで容赦なく振るわれた。自らの子以外を一掃し、帝位を脅かす存在を排除したのである。

次に手をつけたのは、皇帝に次ぐ権力を有する五大夫の弱体化である。五大夫にとって不運だったのは、沸儀が暗君ではなかったということだ。

有能な暴君ほど、恐ろしいものはない。なにより沸儀は、帝位に就くまでの間、その残《ざん》虐《ぎゃく》さも有能さも隠していた。無能で無害な人物を演じていたのである。

沸儀が帝位に就いた際は、五大夫達もこれまでと同じく沸儀を操り人形として利用するつもりであった。帝位に就くなりその思惑《おもわく》を砕《くだ》くような施策を打ち出したのは、慮外のこととしか言いようがなかった。しかし一方で、今までの殺伐とした朝廷にも、これで一条の光が見えたと手を打ち喜んだ者がいたのも確かである。

五大夫からじょじょに権力を奪った沸儀は、自身の足場をより強固なものとするべく禁軍の増強を行った。己の意思で自由に動かせる大軍を養うことにより、皇帝の権力を絶大なものとしようとしたのだ。

その禁軍を後ろ盾に、反逆の芽を摘み取るため、郎党の取り締まりを行い地方の道や州に重税を課した。これにより、五大夫は今までのように私兵を養うことができず、その大半を解雇せざるを得なかった。

一方、官吏達も安穏《あんのん》としてはいられなくなった。皇帝の求める仕事が成せない者や、意に沿わない者には宮中であっても容赦なく鞭が振るわれた。これにより朝廷の腐敗は一掃されたかのように思われた。しかし、華美を好む沸儀の浪費は激しく、国庫は瞬く間に枯渇。そして、それを補うべく、税の値上げが行われた。

当然、世は荒廃した。

　地方で税を納められず逃亡した農民が山賊と化し、邑や旅人を襲うようになった。山賊討伐の嘆願書は、朝廷に幾度となく提出されている。しかし、誰一人としてその書状を皇帝に差しだす者はいなかった。機嫌を損ねてしまえば、役職に関係なく首が飛ぶからだ。

「では、またあとでな」

「ああ」

　気だるく言葉を返し、仲望は楊秀の傍を離れた。しばらく歩くと、刺すような視線を方々から感じるようになる。

　四年前の戦で大功を立てながらも禁軍を退《しりぞ》いた仲望だが、未だ官吏達の記憶からは消えてはいない。皇帝陛下の覚えがめでたい男だ、と。

　書物の補修係から高みなんて目指すわけないだろ、と仲望は心中で毒づく。第一、今の宮中で出世してもよいことはなにもない。皇帝に上手く取り入ることができればいいが、その恩寵に与《あずか》れるのはごく一部の者達だけ。それも、いつ皇帝の不興を買い、処罰されるかわからない不安と隣りあわせだ。そのどこに魅力を感じろというのか。

　上官からの呼び出しとはいえ、やはり理由をつけて断っておけばよかった、とうんざりしていると、回廊の前方より見慣れた人物が歩いてくるのが見えた。相手も足を止めた仲望に気づき、実にわざとらしく驚いたように目を見張った。

「なんだ、宮中でぬしに会うとは。今日は雨でも降るのか?」

　他の官吏達の嫌みとは違い、こちらは愛嬌《あいきょう》のある冗談だった。

花興奏《こうそう》。

仲望の上司であり、中書令という中書省をまとめる要職に就く人物だ。そして、仲望を呼び出した張本人でもある。中書省は、皇帝が出す詔勅《しょうちょく》の起草を行う役割を担っており、宮中での発言力は強い。

「ならば、雨が降る前に帰られたほうがよろしいでしょう」

「そうできるものならばな」

歳は五十七になったばかりだが、以前顔をあわせた時よりも疲労の色が濃い。老いてもなお矍鑠《かくしゃく》としているが、ここ数年でぐっと痩せ細ったように思える。

「せっかくだ、少し話をせぬか？」

周りの者達に聞かせるかのように告げられた言葉から察するに、自分が呼び出したことを悟られたくはないようだ。仲望が紫宝宮に来たことを聞きつけ、偶然を装うためにわざわざ足を運んだのだろう。

「はぁ」

「ついてまいれ」

面倒事の予感をひしひしと感じ、それでも断って帰るという選択肢が残されていない仲望は、渋々と興奏の後に続くのだった。

　案内されたのは、紫宝宮の中にある中書令専用の私室だった。適度な広さを持つそこは、来客用に使っているようで、値の張りそうな調度品が惜しげもなく置かれていた。

「して、そろそろわしの右腕として働く決意は固めたか？」

　椅子に座れば、すぐに香りのよい茶が運ばれてくる。仲望はなんの遠慮もなくそれを飲み干した。

「ご冗談を」

「ぬしはまだ若い。このまま閑職で終わるつもりはないのであろう？」

「今の役職で充分満足ですよ」

「無欲は美徳だが、時として野心を持つことも大事だぞ」

「野心は身を滅ぼすものだと思いますが」

「度を越したものはな。ほどほどなら問題はない」

　興奏が仲望のなにをそんなに買ってくれているのかわからないが、どれほど言葉を尽くされようとも、その言葉に頷く気にはなれなかった。今の朝廷で野心を持つことは、無謀な賭《か》けでしかない。なによりも、面倒臭すぎて考えることすら億劫であった。

「やれやれ。強情なのも問題だ。わしの右腕として仕込み、いずれ殿下に推挙してやろうと目論んでいたのだがな」

「また面倒なことを」

「うるさい。側近の選定は、もうすでにはじまっている。できるだけ有能で、忠義に厚い者を選ばねばならぬのだ」

　皇帝の長子、李博焚《はくたく》は父親の血を引いているのかと疑われるほど、温厚篤実《とくじつ》な人物だという噂だ。歳は仲望の一つ下であり、昨年から北の国境にある砦《とりで》に赴《おもむ》き、兵の指導に当たっていた。しかし、今年に入って体調を崩した太子は、大事を取り華安に戻ったと聞く。

「一度でいい。真剣に考えてはくれぬか」

「はぁ……」

　禁軍を退官したあと手を差し伸べてくれた興奏に対し、恩を返したいという気持ちはある。だが、できる限り政の中枢には近づきたくないというのが、嘘偽りない仲望の本音だった。

　それに、野心を持つ者達との腹の探りあいは、禁軍に所属していた時に嫌というほど味わった。脳味噌《のうみそ》まで筋肉でできているのでは、と疑いたくなる者が多い武官の世界ですらそうなのだ、腹に一物を抱える者が跋扈《ばっこ》する文官の世界など、想像するだけで疲れてしまう。

「中書令は、俺を誤解してますよ」

「なぜそう思う？」

「今の自分が本来の姿であり、昔のあれは偽物です。同じものを求められても困ります」

「それでも構わぬと言ってもか？」

「………」

　これは一筋縄ではいかないな、と仲望は肩を落とした。おそらく、断ったところで、興奏はあの手この手の搦《から》め手《て》で、こちらを追い込んでくるに違いない。自分にできることは、屋敷に籠もっての籠城戦のみ。

会話が途絶えたあと、ふいになにかを思い出したように興奏が口を開いた。

「部下からの報告があった。東方の邑に蜚《ひ》が出たという。それも草原に、だ」

蜚とは、海が近い東方の山に住み、首が白く牛に似ている生き物だ。目は一つで、蛇《へび》の尾を持っている。これが水の中を進めばその水は干上がり、草原を通れば草は枯れ果て、世の中に疫病が蔓延《まんえん》するといわれている。太平の世では山堺に潜《ひそ》み、滅多に姿を見せることのない妖だ。

「蜚が出たと陛下に訴える者もいなければ、疫病対策を講じる者もいない。今はまだよい。だが、いずれ疫病が蔓延すれば人は弱いものから順に死に、翌年は過酷な税の徴収でまた人が死ぬ。救いのない世の中だ」

人払いがされているとはいえ、紫宝宮の真《ま》っ只中《ただなか》で口にする言葉ではない。それをわかっているのか、興奏は自嘲するように笑った。

「わしとて、こうして批判を口にするだけで、陛下に進言することすらできぬ。頭を押さえつけられ、唯々《いい》諾々《だくだく》と命令に従っている者達と同じだ」

多くの同輩を粛清で失った興奏は、生き残っていることそのものに慙愧《ざんき》の念を感じているのだろう。しかし、中書令である興奏は、心ある官吏達の支えなのだ。彼の存在が、皇帝の袖の下で甘い蜜を吸う官吏達を抑制している。

万が一、興奏になにかあれば、抑えを失った朝廷は今よりも荒れることだろう。それを知っているからこそ、彼に近しい者達は興奏に表立った行動を避けるようにと訴えているのだ。年老いた興奏の肩には、想像もつかないほどの重圧が掛かっていた。それを見て見ぬ振りをする己こそ、よほどの薄情者である。

わかってはいるのだ。ありとあらゆるものから逃げ、できるだけ遠くに身を置く行為がどれほど卑怯なことか。だが、それでも興奏の申し出に頷くことだけはできなかった。

「……わしはおそらく、黎貴妃と対峙《たいじ》することになる。勝ち目のない戦だ。いつ何時、そなたの元に訃報《ふほう》が届くやもしれん」

仲望は眉を寄せた。皇帝の寵妃との対立。だからこそ、興奏は自分で呼び出したにもかかわらず、偶然を装わねばならなかったのだろう。仲望を巻き込まないために。しばらくして、興奏は疲れたように笑った。

「すまぬな。老人もたまには弱音を吐きたくなる。忘れてくれ」

「はい」

あまり長居をしてはいらぬ誤解を招きかねないため、仲望は「そろそろ屋敷に戻ります」と告げ、立ち上がった。

「殿下のことを頼む」

「……心には留めておきますよ」

曖昧な返事を残し、仲望は房室をあとにした。

花家から帰宅した春蘭は困っていた。土産《みやげ》だと言って渡した干菓子を、啓璋と友寧が受け取ってくれないのだ。断固拒否の態度を取っているのは啓璋だけだが、「啓璋が食べないなら……」と、友寧も干菓子に手をつけなかった。

卓の上に置かれた干菓子を見つめ、ううむ、と春蘭は唸る。なぜ、土産すらも拒否されるのかがわからない。どうして、啓璋と友寧はこんなにも頑《かたく》なに春蘭を拒むのか。占いの件が、それほどまで頭にきているのだろうか。それとも、春蘭の正体をあれこれと勘繰《かんぐ》っているのか。

しかし、こちらにも退《の》っ引《ぴ》きならない事情があるのだ、どれほど拒否されようが真名《まな》を取り戻すまでは、屋敷に居座るしかない。

「……人とは難しいものだな」

守り神であった春蘭にとって、人はただ守るべき存在であった。

母が子を守るように民を慈しんだ。

豊作だと喜ぶ人々の姿は、春蘭を喜ばせた。だから、洪水や、日照り、疫病といった天災を出来得る限り防いだ。己の力が届く限り、春蘭は民の願いに応え続けた。

――なぜ守るのか。

理由は必要ではなかった。

先代の守り神がそうであったように、春蘭もまた力が続く限り邑を守りやがて無へ還っていくものだとばかり思っていたのだ。

「……それが今、なんの因果で干菓子を前に悩まねばならぬのだ」

啓璋達がいらないと言うのだ、自分で食べてしまえばいい。頭ではわかっているが、なぜか手が出なかった。ひんやりした卓にぺたりと頬をつけ、うんうん唸っていると、不意に頭上から仲望の声が聞こえた。

「悪い物でも食べた？」

「……別に、腹が痛いのではない」

「そっか」

あいかわらずのんびりとした口調で告げ、仲望は春蘭の向かいの椅子に腰を下ろした。そして、卓上の包みに目を留める。問うような眼差しを向けられ、春蘭はしかたなく口を開いた。

「干菓子だ。土産にと持って来たのだが、啓璋と友寧はなぜか受け取ってくれぬ」

「甘い物は好きなはずだけど」

仲望はごそごそと包みを漁《あさ》り、取り出した干菓子を躊躇《ためら》いもなく口にした。

「うん、美味い」

あっという間に一つ目を食べ、次に手を伸ばす。それを春蘭は、なんとも言えぬ気持ちで見つめる。顔をあげた仲望が、不思議そうに首を傾げた。

「土産なのだろう？」

「……うむ」

湧《わ》き上《あ》がる感情の意味がわからず、春蘭は再び卓に顔を伏せた。やはり人の心とは難しいものだ、と心の中で呟きながら。

第五章

とっぷりと日も暮れた頃、鄭《てい》家に来客があった。

春蘭《しゅんらん》が鄭家に居候しはじめてから、三日後のことである。客は仲望《ちゅうぼう》の友人で、韓楊秀《かんようしゅう》と名乗った。一目で武官だとわかる立ち姿に、友寧《ゆうねい》にこっそりと問えば、禁軍に所属し右飛《うひ》龍《りゅう》将軍という要職にある人物とのことだった。

「それで、悪女はどこだ？」

開口一番に告げられた言葉がそれである。本当に偉い将軍なのだろうかと春蘭は、案内された客室で、誰かを捜すように辺りを見回す楊秀に呆れた。

「楊秀様、悪女ってなんですか……？」

友寧が困った様子で聞き返す。先ほどまで、これでお前も終わりだ、というような顔を春蘭に向けていた啓璋《けいしょう》ですら、やはり困惑の色を隠せないでいた。

「鄭家に寄った家僕から聞いた話では、屋敷に女が居着いたらしい。啓璋が大層、憤慨していた様子だった、と。そういう強引な女は、悪女だと相場が決まっている。で、どこだ？」

「ここ」

そう言って、仲望は椅子に座ってくつろぐ春蘭を指差した。楊秀は瞬きしてから、もう一度、仲望に訊ねる。

「悪女はどこだ」

「だから、この子」

「仲望……お前は、いつからそのような趣味になったのだ。見損なったぞ！」

いきなり叫んだかと思うと、楊秀は勢いよく仲望の肩を両手で掴んだ。そして、そのまま前後に激しく揺さぶる。

「大人の女人に興味を持たぬのは、元々そういう趣味だったからか！」

「ちょ、ちがっ」

家僕として楊秀の蛮行を止めるべきなのだろうが、啓璋と友寧はいつものことだと言わんばかりの、少しばかり諦観したような眼差しを二人に向けている。

「仲望。悪いことは言わぬ。この少女は親元に返せ。どうしてもというならば、あと二、三年――いや、五年は待て」

なにやら雲行きが怪しくなってきたことに気づいた啓璋が、慌てたように口を挟んだ。

「楊秀様、俺達はこんな子供を奥方だなんて認めませんよ！」

「だがな啓璋。この屋敷に嫁に来てくれる女人など希少だぞ。ここで逃したら、仲望は一生縁なしかもしれん。養子を取るにしても、没落寸前の家なんぞ見向きもしてもらえんだろう」

「没落寸前ってなんですか！」

さらりと告げられた悪口に、啓璋が食いつく。そんな男達を尻目に、春蘭は瀕死《ひんし》の様子で椅子に腰掛けた仲望に話しかけた。

「悪いが、私は嫁にはなれぬぞ？」

「……わかってるよ」

「ならばよい」

「それはそうと、その衣装。よく似合ってるよ」

「……そうか」

春蘭は戸惑い気味に、己の格好を見下ろした。春蘭が着ているものは、襦裙《じゅくん》と呼ばれる女性用の服装である。裾の短い桃色の上衣に、それよりは色が濃く膝《ひざ》まで隠れる腰裙《ようくん》を巻き、その下には、上衣と同じ色の下衣を穿《は》いていた。

なぜか今朝方、鄭家に大量の荷物が届けられたのだ。その大半は衣類で、春蘭の背丈にぴったりとあうものばかり。残りは靴や装飾品の類いであった。花《か》家の家人に、鄭家で世話になっているという旨を伝えた覚えがあり、わざわざ衣類を見繕って届けてくれたらしい。鄭家という情報だけで、よくこの家がわかったものだと春蘭は感心した。

衣類は翠蓮《すいれん》と玉翠《ぎょくすい》のお下がりで、二人が春蘭に似合うものを選んでくれたそうだ。着るものに困っているのでは、と思われたらしい。実際、着替えもなにもない状態だったので、春蘭は二人の心遣いをありがたく受け取ることにした。真名《まな》を取り戻したあかつきには、花家の姉妹には良縁を祈ってやろうと思いながら。

そして、けっして安物ではない服が大量に届けられたことで、春蘭に対する啓璋の視線は、より鋭いものになったのだった。

「——つまり、この子供がいきなり押しかけてきたというのだな？」

「そうです。早く、追い出してください……」

啓璋は説明に疲れた様子で、ぐったりと友寧に寄りかかった。一方、それを聞き終えた楊秀は真面目《まじめ》な顔つきで、椅子に座る春蘭と目をあわせるように片膝をついた。

「春蘭といったか。親御殿が心配しているはずだ。わがままを言わずに帰れ。どうしてもというならば、せめてあと四年後に来るとよい」

「私の親はとうの昔に死んでおる」

それを聞いた楊秀は、目頭を押さえた。そして、啓璋と友寧に向かって「置いてやれ！」と叫ぶ。

「いや、そういうことならば我が屋敷で預かるという手もある。鄭家の奥方として相応しい教育を施し、数年後に婚礼を挙げれば——」

「すまぬが、私はここから離れるわけにはいかぬのだ」

「そ、そこまで仲望のことを！」

感極まった様子の楊秀だったが、完全なる勘違いである。しかし、こちら側の事情を説明しようにも、その隙がない。

「お前達。不服があるとは思うが、ここまで仲望を想う女人は二度とあらわれはしないだろう。なに、共に暮らすうちに、欠点の一つや二つ気にならなくなる。親御殿がいないことにかんしては、いずれ相応しい養父《ようふ》を紹介しよう。それで万々歳だ！」

　これで決まりだと言わんばかりであった。それでもなお、啓璋は楊秀の誤解を解こうと奮闘したが、思い込みの激しい相手には無駄な足掻《あが》きに終わる。ついには、拗《す》ねたように膝を抱え、客間に面する回廊の隅《すみ》で蹲ってしまった。友寧はそんな友人を、必死に慰めている。

「ところで仲望。そろそろ刻限だ。行くぞ」

「ええー」

「反論は認めぬ。お前は、たまには体を動かしたほうがよいのだ」

　楊秀は、卓にへばりつく仲望の上衣の襟を掴み、むりやり引き剝がす。それを眺め、春蘭は首を傾げた。

「なんだ、こんな遅くに出るのか？」

　仲望の代わりに楊秀が「大人の野暮用だ」と真顔で答える。その意味ありげな台詞に、回廊からこちらの様子を窺っていた少年達が顔を赤らめた。

「ふむ。仲望はこちらが心配するほど女っ気がないからな。よいのではないか？」

「しゅ、春蘭！」

　咎めるように叫んだ友寧の耳や首は、顔同様に真っ赤に染まっていた。隣では、啓璋も似たような顔をしている。突進するように向かってきた二人は、春蘭を房の外に連れ出し咎めるような視線を向けた。

「おかしなことではないだろう。鄭家の後継問題にかかわる大事ぞ」

「それはそうかもしれないけど、もう少し慎《つつし》みを持とうよ……！」

「応援しただけだが？」

「それが駄目なの！」

友寧は顔を真っ赤にしただけでなく、目を潤《うる》ませながら必死に反発する。また、啓璋はこういったことに慣れていない様子で、友寧の言葉に首を上下させることで同意を示していた。

「鄭家の将来を案じただけなのだが」

「心配するなら心の中で。言葉に出さないで！」

「ふむ。努力しよう」

叫びすぎたせいで荒い息をする友寧の肩を、こちらまでやってきた楊秀がぽんと叩く。

「出るので、仲望の支度を手伝ってやってくれ」

「あ、すみません！　只今、準備します！」

慌てて駆け出そうとする友寧と啓璋に、春蘭も声をかけた。

「できるだけ見栄えのする袍を選んでやれ。何事もまずは外見が重要だからな」

「わかってる、わかってるから！」

残された春蘭は、自分にあてがわれた房に戻ることにした。客間を出るところで楊秀を振り返り、にっこりと微笑む。

「最近は色々と物騒だと聞く。充分に気をつけるがよい」

「ああ？」

房に戻り、春蘭は室内に灯《あか》りを点《とも》した。鄭家では蠟燭《ろうそく》も貴重品で、安価で売られている古い油を灯りの素として使用していた。匂いがきついため、火を点す度に春蘭は顔を顰めずにはいられない。

「友寧と啓璋は、あれで騙されたようだが……」

楊秀が〝そろそろ刻限だ〟と告げた時に走った緊張感のようなもの。それは、とてもこれから妓女を相手にするとは思えない張りつめた気配だった。十中八九、別の用事なのだろう。そして、色事以外で子供に聞かせられないことと言えば――

「ふむ。今日は月夜の散歩と洒落込《しゃれこ》むか」

春蘭は窓から夜空を見上げ、「白桃《はくとう》」と己が神獣を呼ぶのだった。

正門並びに東龍門《とうりゅうもん》、西虎門《せいこもん》は閉刻を報《しら》せる鐘の音をもって閉められる決まりとなっているらしい。

そして、一日の終わりを告げる終刻の鐘以降の外出は禁止とされ、見つかった者は厳罰《げんばつ》に処される。例外は警備する側の人間か、朝廷の使者のみで、それも火急の報せである紫文印《しもんいん》の携帯が義務づけられている――と、春蘭は友寧から聞いていた。だから刻限までには、絶対に帰るように、と。

仲望と楊秀が俥に乗って鄭家を出たのは、終刻の鐘が鳴る前のことだ。それを屋根の上から見届けた春蘭は、距離を開けて二人を尾行することにした。白桃の背に跨がり、二人を見失わないぎりぎりの距離を取る。

「白桃。気づかれるのではないぞ」

「バウ」

春蘭に応えるように白桃は音も立てずに、屋根から屋根へと飛び移る。

空にうっそりと鎮座するのは、半分に欠けた月。昼間の喧騒《けんそう》は失せ、闇に沈む都を、静謐《せいひつ》な月の光が克明に浮かび上がらせている。

周囲がよく見えるぶん、下手《へた》をすれば巡回中の警備兵に見つかり大騒ぎになってしまう可能性もあった。特に今は攫猿《かくえん》の事件で、夜間の警戒はより厳重だろう。白桃は人の気配を感じる度に四肢を止め、辺りを窺いながら先へ進むといったことを繰り返していた。途中、幾度か俥を見失いそうになりつつも、なんとか仲望達が俥を下りるのを見届けることができた。

「なにやら物々しい雰囲気だな」

春蘭が見つめる先には、篝火《かがりび》に照らされた兵士達の姿があった。大路の広場に集められた兵の数は、百を下らないだろう。騎馬の手綱を握り、直立不動の姿勢で微動だにしない姿は、まるで土で作られた精巧《せいこう》な像のようだ。

兵士達の中から、指揮官と思しき者が仲望と楊秀に近づいた。なにかを話しているところに、続いて武具を持った他の兵士達がやってくる。仲望と楊秀は袍を脱ぐと、手渡された武具を身につけはじめる。仲望は手を動かしてはいるものの、その顔は億劫だと物語っていた。

「ふむ。大人の野暮用というには、いささか物騒よの」

禁軍に所属していた時なら当然のことだが、仲望は怪我を負って軍を退いた身である。啓璋達が知れば反対するだろう。だからこそ、楊秀は余計なことを言わず、仲望も少年達になにも説明しなかった。もっとも仲望は、説得するのが面倒だった可能性もあるが。

「なるほど。攫猿か」

楊秀は禁軍の将。

そして、花家で聞いた、攫猿退治に禁軍が投入されるという話。それら二つをあわせれば、自《おの》ずと目的は見えてくる。となれば、仲望が連れて来られたのは、彼がかつて弓の名手だったことに関係しているのだろう。攫猿が厄介なのはその腕力もさることながら、強靭《きょうじん》な両脚による跳躍である。

屋敷の上を自由自在に飛び回られては、地上から仕留めることは難しい。必要とされるのは、腕に自信のある弓兵。啓璋曰《いわ》く、禁軍随一と謳《うた》われるほどの実力者だったらしいので、仲望にも白羽の矢が立ったのだろう。同じように、馬上で弓を携えた兵の姿も見えた。

やがて楊秀指揮の下、部隊は四つに分けられ、兵達はそれぞれの馬に跨がった。仲望も兵士の手を借りながら馬上の人となる。それを見届け、楊秀が部隊に向け何事か命令を下した。

「さて、どうするか」

方々に散っていく兵士達を見送りながら、春蘭は考える。禁軍による大捕り物を観戦してもいいが、玃猿にこちらの存在を悟られると厄介だ。

今の白桃では、玃猿のような大型の妖《あやかし》には勝てない。邑《むら》に妖があらわれた時は、いつも春蘭が白桃に神力をわけ与え、一時的に強化を図っていた。この姿では、白桃に力を与えることはできない。

真名を取り戻すという大事がある以上、このまま屋敷に戻ったほうが賢明といえよう。今回は、もしかしたら鄭玄楽《げんらく》となにか関係があるのではと思い、仲望達の後をつけてきたがその可能性は低そうだ。

「屋敷に戻るぞ」

了承したとばかりに白桃がのどを鳴らした時だった。春蘭の背筋を、ぞわりとした不気味な感覚が伝う。

それは、人ではない、異形のものの気配。

「白桃！」

叫ぶと同時に、春蘭は振り落とされないように白桃の首に腕を回した。素早い跳躍。春蘭の目はその背から、月光に照らし出されたそれを捉えた。

白桃と同じく屋根の上に座るそれは、毛むくじゃらの塊に見えた。

しかし、明らかに大きい。

背丈は成人男性の二倍はあるだろう。胴回りにしても、両手を回しても足りない。真っ赤に裂けた口からは、鋭い大牙が覗いていた。間違いない。あれは——。

「攫猿！」

妖は辺りを見回し、ひくひくと鼻を動かす。そして、両脚の筋肉を使い高く跳躍したかと思うと、春蘭の頭上を軽々と飛び越え、轟音《ごうおん》を立てながら背後に着地する。同時に両腕を振り上げ、爪で白桃ごと春蘭を切り裂こうとした。

「くっ！」

春蘭が命じるより先に、白桃は攫猿の一撃をぎりぎりの間合いで避け、右へ跳んだ。振り落とされないようにしがみつきながら、春蘭は冷静に考えを巡らせる。攫猿は、春蘭と白桃を敵と見做《みな》したようだ。そして殺すために向かってくる。

攫猿とは、ここまで手強《てごわ》い相手だったのか、と春蘭は歯噛みする。守り神であった時は、大抵の妖は小物に等しい存在だった。少し意識をそちらに向けるだけで、逃げるように姿を消したものだ。それでも居座るようなら、白桃に神力を与え嗾《けしか》けた。

春蘭は唇を噛み締めた。

本当に、自分はただの人になってしまったのだと、今更ながらに実感する。白桃がいなかったら、攫猿の腕の一振りで春蘭は呆気《あっけ》なく命を落としてしまうだろう。

「走れ……！」

立ち向かったところで勝機はない。春蘭は仲望と楊秀らが向かった方角を白桃に指示した。兵士を見た攫猿が逃げるもよし、兵士達に向かうもよし。元々、攫猿退治のために集められた部隊なのだ、ちょうどいいだろう。そして、春蘭は混乱に乗じて逃げる。白桃の姿を見られずに済めばいいが、この状況で贅沢は言っていられない。

仲望達が出発してから、まださほど時は経っていない。上手くすればそうかからずに追いつくことができるはず――。

しかし、攫猿の速さは春蘭の予想を上回った。

少しずつ距離が縮まっているのだ。春蘭が落ちないように加減しているせいで、白桃も思うように攫猿を振り切れないらしい。白桃が本気を出していたなら、春蘭はとうの昔に宙に投げだされていただろう。

振り返れば、思っていた以上に攫猿がすぐ傍まで近づいていた。腕を伸ばせば、春蘭に届いてしまうかもしれない。思わず、体が恐怖に強張りそうになる。

「地面に……！」

降りろ、と命令するより早く、春蘭の小さな体を衝撃が襲った。白桃ごと薙ぎ払われたのだと気づいた時には、春蘭の小さな体は空中を舞っていた。月と、それに照らし出された攫猿が視界に映る。

ゆっくりと降下する景色。

鋭い牙を見せながら咆哮する攫猿の姿が、屋根の向こうに没する。そのまま地面に叩きつけられることを覚悟して、春蘭は体を丸めて目を瞑《つむ》った。

間髪を容れずに、背に鈍い衝撃が走る。

しかし、それは想像したような激痛ではなく、はっとして目を開けると、すぐ傍に見慣れぬ青年の顔があった。

「――間にあった！」

癖のある髪を首の後ろで適当に結った青年は、動きやすそうな短服に、胸当て、籠手《こて》という簡素な武具を身にまとっていた。禁軍の兵士には見えず、かといって龍乎《りゅうこ》のお仕着せとも違う。すっきりとした顔立ちに、人好きのするような笑み。春蘭は意味がわからず、目を白黒させた。

「こんな夜遅くに外出するから、怖い目に遭うんだぜ、お嬢ちゃん？」

「攫猿が来るぞ！」

「おっと、そうだった。危ねぇから離れてな」

　春蘭を放り投げるようにして下ろした青年は、片手に持っていた槍を頭上でくるりと旋回させる。まさか、一人で立ち向かうつもりなのか、と春蘭が相手の正気を疑った時、屋根から黒い影が飛び降りてきた。

　こちらをぎろりと睨みつけた攫猿は、空を切り裂くような咆哮をあげる。びりびりと振動する空気に、春蘭は堪《たま》らずに両耳を塞いだ。しかし、青年は飄々《ひょうひょう》とした態度を崩さない。ぐるる、とのどを鳴らした攫猿は鋭い牙を剝き出しにし、青年に猛然と襲いかかった。

「お、っと！」

　素早い跳躍で距離を取った青年は、上体を低く落としながら槍の先を攫猿に向ける。しかし、槍一本で攫猿に勝てるとは到底思えない。白桃は、と周囲を見回すが、別の場所に落ちたのか、春蘭の元へと駆けつけるにはまだかかりそうだ。

　そんな春蘭の懸念を他所に、青年は深く息を吸った。やがて体が足下から青白く光りはじめる。それは太陽のような強烈な明かりではなく、じわりと体内から滲みでる微かな光だった。

　春蘭は青年を見据え、目を凝《こ》らした。その光は足下から胴体へと流れているように見える。やがてそれは上半身を伝い、両腕へと集束された。

「あれは、なんだ？」

　青年の両腕に留まり緩やかに明滅するそれに、春蘭は訝しげに目を細める。

「来いよ、畜生」

　青年が己を挑発していると悟ったのだろう。一拍の間を置き、攫猿はその重量感ある肉体で突進する。あっという間に肉薄した攫猿に、青年はにやりと意地の悪い笑みを浮かべた。攫猿の腕が青年に届く瞬間、まるで待っていたとばかりに、槍が唸りをあげて繰り出される。脚を狙った一撃は、しかし穂先が触れるか触れないかといったところで空を切った。驚異の身体能力で頭上に逃れた攫猿を、青年も追う。今度は、両腕から発せられていた光が、下半身――両足へと水が流れるように移動した。

「逃がすか！」

　たった一度の跳躍で攫猿との距離を縮めた青年は、空中で槍を振るう。その無駄のない動きは、見事としか言いようがない。しかし、なぜか青年が狙うのは攫猿の腕や脚ばかりで、致命傷となるべき部分をあえて避けているように見える。

「早くとどめを刺さぬか！」

「うるせぇ。こっちにも事情があんの、っと！」

たまらずに声をかけた春蘭に、青年は怒鳴り返す。まさか生け捕りにしようというのではないだろうな、と春蘭は眉を寄せた。正気の沙汰とは思えない。しかし、青年はたった一人で玃猿と互角の戦いを演じている。その技量は相当なものだろう。何者なのだろうかと思った時、鋭い笛の音が夜空に響き渡った。

どうやら、玃猿に気づいた禁軍の兵が駆けつけて来たようだ。春蘭は慌てて小路に身を隠す。すると、背後から突進するものがあり、思わず大路に転げ出そうになった。

「なんだっ――と、白桃か」

アオン、と控え目に吼える白桃に、春蘭はほっと息をつく。神獣は宿主である神が消滅しない限り死にはしないが、動けぬほどの怪我を負った場合、回復のため玉から出てこられなくなってしまう。見たところ、目立った傷はないようだった。

「心配したのだぞ」

「クゥン」

白桃が甘えるように春蘭に頭を擦りつける。その額を撫でたところで、春蘭は我に返った。こんなことをしている余裕はなかったのだ。慌てて大路に目を向けると、いつの間にか禁軍の兵士達が集結しつつあった。

「見つかる前に退散するか」

攫猿は気になるが、先ほどの二の舞になるのはごめんだ。早々に退散するに限る。白桃の背に跨がった春蘭は、そのまま路地を進むように命じる。

しばらく進むと、背後からこちらに追従する気配を感じた。攫猿のものとは違うそれに振り返れば、先ほど春蘭を助けてくれた青年が、走りながらこちらに向かって手を振っている。

「やあ、お嬢ちゃん」

「……攫猿は諦めたのか？」

春蘭は適当に言葉を返しながら、青年を観察した。年齢は仲望よりも若いだろう。二十前後といったところか。先ほどは気づかなかったが、髪を結ぶ布の色が月光の下でもわかるほど禍々《まがまが》しい赤をしていた。珍しい色だ。

「余計な奴らが来たからな。ところでそれ、便利だな」

「白桃は物ではない」

「ごめんごめん。逃げるのに楽そうでいいなと思ってね」

「しがみつくのも、なかなか大変なのだぞ」

気安く振る舞うが、青年の目の奥には明らかな警戒の色が見て取れた。春蘭が青年を警戒する以上に、彼はこちらを怪《あや》しんでいる。だからこそ、わざわざ正体を探るべく追ってきたのだろう。

白桃が〝どうする？〟と訊ねるように、春蘭をちらりと見た。春蘭が命じれば、躊躇うことなく青年に躍りかかるだろう。だが、攫猿との大立ち回りから考えるに、かなりの手練《てだれ》。春蘭という足手纏《あしでまと》いを抱え、白桃が勝てるかどうか。

相手が仕掛けて来ない限り、こちらからの攻撃は下策だな、と春蘭は判断した。

「助けてもらった礼は言うが、白桃はやらぬぞ」

「わかってるさ。俺だって、そんな大きな虎をくれるって言われても困る。餌にされちまいそうだ」

仲望とは違った意味で、性格が摑めない相手だ。そもそも、なぜ一人で攫猿を追っていたのか。そして、先ほどの技はなんなのか——止めどなく湧いてくる疑問を、春蘭は呑み込んだ。それをこの場で、得体の知れない相手に訊ねるのはあまりにも不用心だ。藪《やぶ》をつついて蛇を出すことは避けたい。

「そういえば、お嬢ちゃんの名前は？」

「そなたが名乗れば、教えよう」

「郭洪釆《かくこうわ》だ」

「……李《り》春蘭」

「春蘭か。よろしくな」

「よろしくする機会があるとは思えぬが」

おそらく、洪釆とはここで別れたが最後、二度と顔をあわせることはないだろう。攫猿に懲りた春蘭は、夜間の外出は控えるつもりだった。これでは玉翠に偉そうなことは言えないな、と苦笑する。

「ま、縁があったら会うだろ」

「ふむ。それもそうか」

「――ところで、春蘭はなぜ攫猿に追われていたんだ？」

わずかに、洪采の声が低くなった。これは答え次第では、簡単には帰してもらえそうにないようだ。だが、元より攫猿を追っていたらしい洪采と違い、春蘭が追われたのはただの偶然。強いて攫猿との縁をあげるならば、世話になっている屋敷の主人がかかわっているくらいだろうか。

「たまたまだ」

「たまたま、虎に乗って散歩してたら、攫猿と鉢合わせしたって？」

「散歩していたわけではない。世話になっている知りあいが〝大人の野暮用〟で外出するというから、その真偽を確かめただけだ」

「……お嬢ちゃん。いや、春蘭。大人がそう言った時は、後をつけるなんて野暮なことはしないほうがいいぜ」

「うむ。確かに大人の野暮用だったため、そのまま帰るところだったのだ。攫猿と会ったのは、運が悪かった。さて、攫猿も撒けたことだ。また会うかはわからぬが達者でな」

洪采の返答を待たずに、春蘭を乗せた白桃は屋根へと飛び上がる。追って来るかと警戒したが、どうやら諦めてくれたらしい。しばらく屋根伝いに走り、尾行がないかどうかを確認する。

「ついては来ないようだな。よし、鄭家に戻るぞ」

ウォン、と白桃は吼え、鄭家のある方角へ駆け出した。その背に揺られながら、春蘭は自分達を襲ってきた攫猿について考える。山堺に住み滅多なことでは人里に姿をあらわさない攫猿が、なぜ女人を攫う以外の目的で華安《かあん》にやって来たのかがわからない。

「……私には関係のないこと、なのだがな」

まるで自分に言い聞かせるように呟いた春蘭は、白桃の背に顔を押しつけた。自身に課せられたのは、〝真名〟を取り戻すこと。そして、邑に戻る——それ以外のものに気を取られる余裕などないのだ。

「……しかし、人とは不便なものだ」

妖一つ追い払うことができない。呟き、春蘭は自嘲するように笑った。人は弱い。だからこそ、きっと神に縋《すが》りたくなるのだろう。

第六章

――猩猩《しょうじょう》緋《ひ》。

それは血のように鮮やかな赤を表す言葉。

各地で貴族や金持ちを襲い、貧乏人に施す酔狂《すいきょう》な集団が体に巻くのは、揃いの猩猩緋色の布だった。彼らが自分達を〝猩猩〟と、異形のものになぞらえるのはなぜなのか。いくら推測しても意味のないことだが、その謎こそが知りたいと、人々は寄ると触ると噂した。

「また、猩猩緋がご活躍らしいぞ」

「聞いたよ。東都《とうと》で悪さをしていた高官を一掃したそうじゃないか」

一人が口にすれば、また一人がそれに答える。噂話は止《とど》まるところを知らない。露店の軒先で、足を止めた者達が口々に得たばかりの情報を交換しあう。時折、周囲に目を配るのは巡回中の役人を気にしてのことだろう。

「悪巧《わるだく》みに与《くみ》していた官吏達は、みな追い出されたという話だ」

「そんなことして、皇帝様が黙っているかね？　ここぞとばかりに、またご自慢の禁軍を出すんじゃないか？」

「いいや、取り巻きの奴らが耳には入れんのさ。なんたって、部下の失態で自分達の首が箇単に飛ぶんだからな。そりゃ、隠したくもなるさ」

　男達の中で、もっとも年嵩の男が首に手を当てて見せた。それに同意するように、誰もが深く頷く。それらの声の間をすり抜けるようにして、一つの影が足音も立てずに移動する。

　やり取りされる会話の数々を、一言も漏らさずに耳に入れながら、やがて影は薄暗い路地裏へと消えた。

「青に交わる朱」

　突き当たりの壁に向かい、男――洪采《こうわ》は聞きとり難いほどの小声で呟いた。しばらくして、壁の中から声が返る。

「――その色は？」

「緋であり、我が血の色なり」

　壁のずれる音が聞こえたかと思うと、微かな隙間があらわれた。洪采は周囲を確認したあと、素早く身を通した。湿気を含んだ黴臭《かびくさ》い空気に、思わず顔を顰める。

「遅かったですね。待ちくたびれましたよ」

　細い通路に立つのは一人の人物。手にした燭台《しょくだい》の灯りが照らす顔は、鬼を象った舞楽面で隠されている。その素顔や年齢を知る者は誰もいない。声も中性的で、男とも女とも取れるため性別も不明だった。仲間内ですら、その正体を知る者は誰もいない。

「検問が厳しい。やはり、こちらの動きに気づいてるようだな。他の奴らも行動を制限されるとぼやいてたぜ」

「面倒ですね」

「やはり、華安《かあん》は皇帝様のお膝元。東都とは違うな」

「……こちらへ」

鬼面の人物は、男を案内するように奥へと歩き出す。通路はやがて螺旋《らせん》階段となり上に続いていた。そのまま上ると、やがて開けた場所へと出る。

窓はなく、そのせいで入口で感じた黴の臭いが一層強く辺りに漂っていた。ここは猩猩緋が隠れ家として使用している場所である。部屋の隅には幾つかの大きな布が畳まれており、簡易の宿泊所だということが知れた。

鬼面の人物は燭台を壁の窪《くぼ》みに置き、唯一の調度品である椅子に座る。洪采は壁にもたれかかりながら口を開いた。

「兎天《うてん》殿、玃猿《かくえん》の行方は？」

「華安を出たところまで尾行させましたが、山に入られたら追尾はむりでしょう。かといって、気術兵《きじゅつへい》でもない限り捕まえるのは困難です」

兎天と呼ばれた鬼面は、残念そうに首を振った。洪采は溜息をつき、自分が得た限りの情報を伝える。

「こちらも凶報がある。禁軍の右飛龍《うひりゅう》将軍は、昔の同僚まで引っ張り出したぞ」

「……鄭仲望《ていちゅうぼう》ですか？」

洪采は頷いた。四年前までは、禁軍において将来を有望視されていた者の一人だ。

「弓の名手だったらしいな。まったく、面倒な相手を連れて来たもんだ。昨夜は攫猿とかちあわなかったようだが、次もすれ違いになるという保証はない」

「禁軍の兵と真正面からやりあえるほどの兵力は、まだ揃っていませんよ」

「だからといって放置すれば、先を越されるぞ」

「ええ。ですが、命令の変更はありません」

「……奴らの目を掻《か》い潜《くぐ》って攫猿の捕獲か。まったく、紅主《こうしゅ》もむりな注文をなさる」

紅主とは、猩猩緋を束ねる総大将の呼び名だ。彼と兎天が猩猩緋の基盤を作り、ここまでの規模となった。その紅主の命令は絶対。死ねと命じられたら、誰もが躊躇いもせず命を捧《ささ》げなければならない。義賊猩猩緋と名乗る者達に課せられた掟《おきて》である。

「やはり、殺しては駄目か？」

「紅主の言葉は絶対です」

「と言われてもね。実際、手合わせしてみたが、あれは殺すならばともかく、生きたまま捕らえるのは相当むずかしいぜ」

「あなたは気術士でしょう。そのために、わざわざ華安に呼んだのですから」

簡単に言う、と洪采は苦笑した。

確かに猩猩緋の中でも、自分は一、二を争う実力の持ち主だ。これまでに大抵の使命は失敗することなくこなしてきた。しかし、攫猿をたった一人で、しかも生きたまま捕らえるとなると話は別だ。さらに今回は邪魔者もいる。

「ならばせめて、禁軍と龍乎《りゅうこ》の奴らをどうにかしてくれ。昨夜もいいところで邪魔しやがって。いくら攫猿を捕らえたところで、あいつらに見つかったら置いて逃げるしかないぞ」

「……わかりました。両方はむりでも、どちらかは手を打ちましょう」

「そうしてくれ」

特に精鋭揃いの禁軍は、逃げるだけでも骨が折れる。一対一ならばまだしも、複数を相手に無傷で逃げ切れる自信もなかった。

「他になにかありますか？」

「んー……そういや、攫猿を追ってる時に妙なお嬢ちゃんに会ったな」

面をしていても、兎天の困惑が伝わってくるようだ。しかし、洪釆は気にせずに続けた。

「十歳、いや実際の年齢はもうちょっと上だろうな。将来は美人になること間違いなしだが……さて、どう説明すればいいか」

「そもそも、なぜ真夜中に年端も行かぬ少女と会うんですか」

「会ったんだからしかたないだろ。大きな白虎に乗って、攫猿に殺されそうになっていたところを助けた」

「虎？」

兎天が困惑するとは珍しいことだった。いつも淡々とした口調で紅主の命令を告げる彼は、滅多なことでは動じはしない。

「白桃《はくとう》と呼ばれていた虎は、あの子によく懐いていた。まるで主従関係みたいにな。命令も自分以外には聞かないんだと」

「……そんな虎がいるとは思えませんね」

「だが、実際にこの目で見ちまったんだからしかたねぇ。あとは、お嬢ちゃん自身もおかしな人物だった。子供らしくない――って、まあ虎に乗ってる時点でただの子供じゃないが、成人した人間を相手にしてるみたいだったな。いやあ、自分で言っていてあれだが、おかしなお嬢ちゃんだった」

しみじみとした口調で告げれば、話を聞いていた兎天の声音が低いものに変わった。心なしか兎天の全身から殺気が滲んでいるように感じられる。

「……まさか、顔を見られて、なんの対処もせずに見逃したというんですか？」

「さすがに禁軍に追われながら、巨大な虎と殺しあう余裕はない。あっちにも、警戒されてたみたいだしな。油断すれば、こっちがぱくりとやられちまうとこだったんだよ」

「そのような得体の知れない相手に会って、笑っていられるのはあなたくらいのものでしょうね」

「そうかい？　世の中、不思議なことだらけだと思うけどな」

悪びれた風もなく告げれば、緊張していた空気がわずかに緩んだ。

「まったく。そこからあなたの素性が割れたら、どうするつもりですか？　気術士たるあなたは猩猩緋の大事な戦力なのですから、なにかあるようでは困ります」

「子供の言うことを誰が信じる？」

「それでも、警戒すべきです」

　重ねて告げられれば、洪采に反論することはできない。紅主ほどではないが、組織の二番手である兎天には逆らい辛いものがあった。

「……わかったよ。見つけ次第、なんとかする」

「もう少し、自分の置かれている立場を自覚してください」

「はいはい」

　自覚は充分あるつもりだ。だからこそ、どんな危険な任務にも異を唱えることなく従い、また、確実に成功させてきた。今回も、攫猿を生け捕りにしろというならばしてみせる。顔を見られてしまったことが問題ならば、あの少女を消し去るまでだ。

「なあ、梁《りょう》華《か》は元気か？」

「……ええ」

「二年も会ってない。たまには顔を見に行かせてくれたっていいだろ」

「そうですね。紅主にお願いしておきましょう」

　頼んだ、と告げ洪采は大きな欠伸をした。都を走り回った挙句ろくに寝ていないのだ、疲れ果てていた。眠気を自覚した途端、体がぐっと重くなったように感じた。やはり虎と同じ速度での走行は無謀だったらしい。

「寝る」

「どうぞ。攫猿は人を警戒してか、夜半にしか行動しませんからね。今のうちに充分な睡眠をとっておいてください」

適当に厚手の布を手に取り全身を覆うと、洪采はごろりと横になった。床の冷たさに身震いしそうになるが、猩猩緋に入る前の生活を思えば屋根があるだけ上等だ。

瞼を閉じれば、睡魔はすぐに訪れる。いつでもどこでも眠れるのは、この生活に入って身につけた一種の特技だ。休める時に休む。そうしなければ、猩猩緋の過酷な任務をこなすことなどできなかった。

――今回の任務が無事に終わったら、梁華に会いに行こう。

高価なものでなくていい。ちょっとした装飾品を贈って、長く会いに行けなかったことを詫《わ》びよう。きっと、彼女なら怒りながらも笑って許してくれる。そして、洪采の無事を心から喜んでくれるだろう。

――梁華。

言葉にならぬ呟きに唇を動かし、洪采は眠りに身を委ねたのだった。


困ったことになった、と春蘭《しゅんらん》はじくじくと痛む両膝を眺めた。

攫猿に追われた日から一日が経った。

そろそろ本格的に食い扶持を探しに行かなければ、また啓璋《けいしょう》に文句を言われてしまうだろう。なによりも、世話になる対価はきちんと払うと宣言してしまった手前、やはりむりでしたとは言い難い。

楊秀《ようしゅう》は勝手に誤解してくれたが、啓璋は別だった。仲望の〝春蘭は客である〟という言葉を守り、最低限の言葉はきちんと交わすし、春蘭の食事も仲望と同じものが準備されている。しかし、当初から変わらず、徹底的に春蘭の存在を拒否する姿勢は、むしろ感嘆に値するほどだ。

朝餉を終えた春蘭は街に繰り出し、自分でも日銭を稼げる職はないかと露店を見て回る。しかし、占師であること以外にさして特技を持たない春蘭に、十くらいという外見から仕事を任せてもよいという奇特な者は見つからなかった。

少し休憩でもするかと、道端に移動しようとした時である。いきなり背中を押された春蘭は、地面に顔面と膝を強打するという悲劇に見舞われたのだった。

突き飛ばした男は、「ぶらぶら歩いてんじゃねぇよ！」と春蘭を怒鳴りつけると、助け起こそうともせずにさっさと歩き去ってしまう。突然のことに対処が遅れた春蘭は文句の一つも言えずに、その背を見送るしかなかった。

よろよろと立ち上がれば、玉翠《ぎょくすい》達に貰った襦裙《じゅくん》は土に塗れ、痛みを訴える膝には血が滲んでいた。

「困ったのう」

血は止まったが痛みは引いてくれない。むしろ、一刻一刻と痛さは増すばかりだ。白桃を呼ぶことができればいいのだが、さすがに日中の往来を大虎が闊歩《かっぽ》していたら騒ぎになってしまうだろう。

じっとしていればある程度は痛みも引くだろうと、春蘭は路地の隅に蹲った。長い間、痛みとは無縁の時を送っていたため、どう対処すればいいかがわからない。擦り傷に効く薬を患部《かんぶ》に塗布《とふ》する、という知識はあるが、そもそも動けないのではどうしようもなかった。

「額もひりひりする。手も痛い……。今日は屋敷で大人しくしているべきであったか」

一日の吉凶を占ってみたところ、今日は新しい出会いがあるという卦が出た。しかし、それ以外はあまりよいものではなかったため、外出を止めようかと考えていたのだ。だが、食い扶持を稼がねばならないということ、新しい出会いが鄭玄楽《げんらく》を見つけるきっかけとなるかもしれないことを考え、外出に踏み切ったのだった。

——その結果が怪我《これ》だ。

やれやれ、と春蘭は溜息をついた。攫猿に追われて以来、どうもよいことがない。鄭家に滞在して数日が経つが、鄭玄楽に関する情報は一向に集まらず、また本人が姿をあらわす気配もない。時だけが過ぎていく中、春蘭はじょじょに焦りを感じはじめていた。

「……しかたない。行くか」

こんなところでいつまでも座っている暇はない。春蘭は痛みを堪《こら》えて立ち上がろうとした。骨が折れているわけではないのだから、痛みを我慢すれば歩けるはずだと自分に言い聞かせる。震える足に顔を顰めつつ歩き出した。

しかし、しばらく進んだところで、足許が覚束《おぼつか》なくなる。痛みを訴えるばかりで、なかなか思うように動いてくれない足に困惑していると、頭上から声が聞こえた。

「――どうしたの？」

顔を上げれば、一人の青年が心配するように春蘭を見下ろしていた。

「怪我をしたのかい？」

「……転んだのだ」

ちょっとごめんね、と青年は言い、春蘭の下衣を捲《まく》った。露《あらわ》になった膝は、先ほどよりも傷口が腫れているように思えた。流れ出た血が、春蘭の膝から下を真っ赤に染めている。

「うわっ、これは痛そうだ」

「痛いぞ」

「ちょっと我慢してね」

「なにを――」

いきなり春蘭を横抱きにした青年は、迷いのない足取りで雑踏の中を進む。途中、意味ありげな視線を向ける者もいたが、春蘭が大人しくしていると興味を失って視線を逸らす者が大半だった。

青年の腕に抱かれながら、春蘭は内心で困惑する。先日、花《か》家の姉妹が襲われたように、この青年が人攫いである可能性も捨て切れないが、野卑な雰囲気は一切感じられない。そもそも青年の袍を見れば、一目で上等な布が使われていることが知れた。おそらく、裕福な家の者なのだろう。

年齢は仲望と同じか、少し若いくらいか。容貌に目立った特徴はなく、誰が聞いても「穏やかな雰囲気の青年」と表現しそうである。

「もう少しだから」

「うむ……」

　連れて来られたのは、高級茶葉を扱っている茶房の奥にある部屋だった。どうやら、青年はそこで暮らしているらしい。簡素ながらも品のよい室内は、住む者の人柄をあらわすかのように落ち着いた雰囲気を漂わせていた。

　卓の傍らにある椅子に春蘭を座らせると、青年は「ちょっと待っててね」と言い、房を出て行ってしまう。しばらくすると、水の入った桶《おけ》と木で作られた小箱を持って戻ってきた。春蘭の足許に跪《ひざまず》いた青年は、まず水を含ませた布で傷口を丁寧《ていねい》に洗い流す。

「染みるかい？」

「じんじんするぞ」

「もうちょっと我慢して」

　青年は傷口を洗い終えたあと水気を布で拭《ふ》き取《と》った。そして、別の布に薬を擦りつけ患部を覆うと、また別の布でそれが剝がれないように縛る。その手際のよさに、春蘭は痛みを忘れ——るわけではないが、感心した。

「手は大丈夫？」

「うむ。こちらは擦り傷だ」

「じゃあ、水で洗うだけにしようか」

膝ほどではないがひりひりと痛みを訴える掌を、水が張られた桶に入れる。すると、予想していたよりも激しい痛みが体を突き抜けた。思わず手を引っ込めそうになり、春蘭はそれをぐっと堪える。

「手の傷は格別に痛いと聞くからね」

「それを早く言ってくれ……」

自分で傷口を丁寧に洗って桶から出せば、それを待っていた青年が布で水を拭き取ってくれた。

「額も拭くよ？」

「うむ」

「ちょっと腫れているね」

「お、押すな！　痛い！」

涙目で訴えれば、青年は慌てたように患部から布を持つ手を放した。

「ごめんごめん。確認する必要があったから」

「痛かった……」

春蘭が涙目になりながら額を押さえていると、青年はなにかを思い出したように、房の隅にある棚から小さな袋を取り出す。

「はい、あーんして」

口を開ければ、小さな塊がひょいと放り込まれた。固いそれをころころと転がせば、ほんのりとした甘さが口内に広がる。はじめて口にする食べ物だ。

「飴《あめ》だよ。こないだ知人に貰ったんだけど、私は甘いものが苦手でね。残りもよかったらもらってくれないかな？」

「手当をしてもらったうえ、食べ物まで貰うのは――」

「子供は遠慮しなくていいんだよ」

そう言われてしまえば、強く断るのも気が引けた。「ありがとう」と礼を言い、飴の入った小袋を受け取る。

「私は李《り》春蘭。ぬしは、名をなんというのだ？」

「呂輪栄《りょかんえい》だよ」

「この店の者なのか？」

「違うよ。ここは親戚の家でね。今は故あってお世話になっているんだ」

「そうか。先ほどは本当に助かった。改めて礼を言う」

「困っている時はお互い様だよ」

手当の終わった両足を眺めた春蘭は、試しにそっと片足を床に下ろしてみた。痛みはあるが歩けないほどではない。

「うむ。これで帰れる」

「よかったら送って行こうか？」

翰栄の申し出に、春蘭は首を横に振った。

「構わぬ」

「でも、また途中で歩けなくなるかもしれないよ?」

「休みながら行けばよい。せめて、なにか礼を……。ふむ。ぬしはなにか占ってほしいことはないか?」

「占い?」

見た目は子供とはいえ、一方的に恩を受けたままというのは、春蘭にとって居心地が悪いことだった。それは守り神の矜持に反する。

「一日の吉凶から、恋の行方、将来のことまで大抵のことはなんでも占えるぞ」

「そうだなぁ。じゃあ、将来のことでも占ってもらおうかな」

まるで、子供の遊びにつきあうような軽い口調にむっとしながらも、相手は恩人なのだからと春蘭は言葉を呑み込んだ。

「では、この桶に新しい水を汲《く》んできてはくれぬか」

「ちょっと待っててね」

しばらくして戻ってきた翰栄から桶を受け取り、それを卓の上に置く。椅子の上に立った春蘭は、懐から取り出した盤を水に浮かべた。

「これはもしかして、水神盤《すいしんばん》かい?」

「うむ」

水神盤は、物事の吉凶を占う道具である。

水に強い木を材料とし、本体の中央に〝玉《ぎょく》〟と呼ばれる石を嵌《は》め込《こ》む。ものによっては装飾が施されたものもあるが、春蘭の水神盤は表面に彫られた文様こそ緻密だが、それ以外の部分は簡素な作りとなっていた。己の肉体と一緒に保管されていた、遠い昔に作られた品である。

「実物を目にするのは、はじめてだよ」

「それほど珍しいものでもないと思うが。これほどの都だ、店を出している占師くらいいるだろう」

「占師はいるよ。ただ、その大半は占筮《せんぜい》で、水神盤を使った占いは聞いたことがないね」

聞き覚えのない言葉に、春蘭は首を傾げた。

「なんだ、それは？」

「占筮を知らないのかい？　竹を割って作られた細い棒を何本も使って行う占い方法だよ。占いといえば占筮と言われるほど主流で、有能な占師は国のお抱えとなるくらいなんだ」

水神盤は、それを水面に浮かべることによって、表に彫られた複雑な溝を水が浸食し、浮かび上がった文様、八つの角がそれぞれ指し示す方角によって吉凶を占うことができる。しかし同時に、複雑さ故に習得は難しいとされていた。春蘭自身、物心ついた時から占師である母親に手解《てほど》きを受け、なんとかものにすることができたくらいだ。故に、水神盤を持つ占師はどの邑《むら》でも歓迎された。

「私も書物に記載されていたのを、読んだことがあるくらいだよ」

「そうか……」

あまりにも長い月日の中、様々なものが興り、そして廃れていった。水神盤を使った占いもまた、その一つなのだろう。一抹の寂しさを覚えつつ、春蘭は盤上に手を翳《かざ》した。

「では、そろそろ占うぞ」

玉に触れるか触れないかくらいの間隔で、春蘭はじっと水神盤を見つめる。やがて溝に水が入り込み、盤が緩く回転をはじめる。やがて、水の浸食が止まったかと思うと、水神盤もぴたりと静止した。

「これは……」

溝を伝い、浮き出たそれに春蘭は首を捻った。なぜか、いまいちすっきりとしない感がある。とん、と玉の部分に指先で触れれば、水神盤が水中に没した。

やはり、と春蘭は頷く。どうやら〝呂翰栄〟という名は偽名らしい。偽の名では、水神盤は正しい結果を導きだしてくれない。だが、ここで「ぬしの名は偽名だな？」と口にするほど、春蘭は物知らずではなかった。名を隠すからには、なんらかの事情があるのだろう。藪をつついて蛇を出すのは面倒だ。

春蘭は水神盤を拾いあげて水気を切ったあと、もう一度、水に浮かべた。今度は〝呂翰栄〟ではなく、〝目の前の青年〟として占う。名がないぶん占いの結果は曖昧になるが、それでも占えないというわけではない。

　春蘭は慎重に浮かびあがった文様を読む。

「なかなか珍しい卦だな。ぬしの将来は、まだ定まっていないらしい」

「どういうことだい？」

「ぬしの未来には、複数の者がかかわっているようだ。その者達の行く手には、複数の道が存在する。それぞれがどのような道を選び取るかで、ぬしの未来もまた変わる。それを読み解くのは、どれほど優れた占師でも不可能というもの」

　あまりにも複雑に絡みあう文様は、吉のようにも凶のようにも見える。せめて正しい名を知ることができれば、助言の一つや二つできるかもしれないが、今はこれが精一杯だった。

「つまり、私がどう足掻こうと、未来は複数の者達の選択によって決まるということかい？」

「そうなるな。ずいぶん曖昧な結果になってしまった」

「いや、充分だよ。ありがとう」

「そうか。しかし、珍しい卦だった」

　春蘭は素知らぬ顔で告げた。常人にはありえない。これは時の王族や、天下の覇権を狙う偉人によく見られる卦だ。そういった者達は、あまりにも大勢の人間がかかわりあいになってくるため、自然と水神盤に浮かぶ卦も複雑な文様を描くようになる。春蘭も母から聞かされていただけで、実際に己の目で見るのははじめてのことだった。

「春蘭は小さいのにすごいね」

「小さいというのは余計だ」

「よかったら、私のところで占師として働かないかい？」

「ほう？」

職を探している春蘭にとってはありがたい話だが、輸栄という男はあまりにも怪しすぎた。なにより彼の未来は波瀾《はらん》万丈。吹き荒《すさ》ぶ嵐のようなものである。巻き込まれでもしたら、たまったものではない。

「ありがたい申し出だが、私は今のところ、誰にも雇われる気はない」

「それは残念だね。じゃあ、気が向いたらいつでもおいで。大歓迎だよ」

「……気が向くようであればな」

二度と会わないとは思うが、いくら有能な占師であっても、未来のすべてを見通すことはできない。縁が続くようであれば、この不思議な青年ともまた顔をあわせるのだろう。

「さて、私はそろそろ帰るとしよう。世話になったな」

店頭まで見送ってくれた輸栄に言葉をかけ、春蘭は歩き出した。本当は一歩踏み出すごとに鈍い痛みを感じるが、こればかりは我慢するしかないと自分に言い聞かせる。たまに休憩を挟みながら黙々と歩いていると、春蘭は不意に奇妙な視線を感じた。一度立ち止まって周囲を見回すが、これといって気になる人物はいない。

気のせいかと首を傾げまた歩き出せば、やはり視線を感じる。知らぬ振りで歩き続けた春蘭は、手頃な路地を見つけ、そこに素早く身を潜めた。少しして、こちらへ向かって駆けてくる足音が響く。

路地に入って来る瞬間を狙って、春蘭もその人物の前に飛び出した。

「何者だ！」

「えっ、ちょ、危な！」

その顔を見た春蘭は、おや、と思った。攫猿から助けてくれた人物。確か、洪采といったか。その洪采は春蘭を避けたまではよかったが、勢いを殺し切れずに塀へと顔をぶつけた。派手な音を立てて地面に沈み、額を押さえながら恨みがましい目でこちらを睨みあげる。

「……命の恩人に向かって、ずいぶんと失礼じゃないか」

「人をつけ回すような不届き者に、手加減する必要などなかろう？」

「そうだけどさー」

文句を零しながら立ち上がった洪采は、服についた土を払いながら春蘭を見下ろした。

「いつ声をかけようか迷っていただけなのに、人を不審者みたいな言いかたをしないでほしいな」

「声をかけられぬほど内気には見えぬが」

「あー、それはごもっとも。ところで、あの真っ白な虎は？」

「白桃ならばいないぞ」

洪采はきょろきょろと周囲を見回す。玉に入っている状態であるが、それを馬鹿正直に告げる春蘭でもない。「それは好都合」と笑って、洪采は春蘭の脇の下に両手を差し込みひょいと持ちあげた。空中でぶらぶと足が揺れる。

「とりあえず、みーっけた」

「……なぜ、持ちあげる」

「逃げられないように」

　知らぬ振りをして、途中で撒けばよかったと後悔しても遅かった。もっとも、足に怪我をした状態では、それもむりなことではあったが。

　卓に並べられた料理と、目の前の青年を見比べながら春蘭は困惑していた。洪釆に抱きあげられたまま連れて来られたのは、大路に面した大衆料理店だった。昼はすぎているので店内の客は疎《まば》らだった。無造作に並べられた卓に慣れた様子で座った洪釆は、春蘭に聞きもせず勝手に注文をはじめる。

　戸惑う春蘭を余所に並べられた料理は、一人前には多すぎる量だった。問うように視線を向ければ、満面の笑みが返された。

「口止め料ってことで。好きなだけ食っていいぞ」

「ふむ」

「こないだのこと、黙っててほしいんだよ。他に知られるとさ、春蘭をそいつごと口封じしなきゃならないし。面倒なんだよな」

「毒入りか？」

「まさか。味は保証する」

　そう言いながら、洪采は並べられた料理に手をつけはじめる。どうやら、今この場で春蘭を殺すつもりはないようだが、〝口封じ〟などと、物騒な言葉を口にするような相手なので、用心するに越したことはないだろう。

「その肉饅頭《にくまんじゅう》は絶品だぞ」

「では、口止め料として頂くが、そんな口約束でよいのか？」

　春蘭は勧められるまま、大きな肉饅頭に齧りついた。生地がもっちりと厚めなので、なかなか餡《あん》に辿り着かない。一生懸命にあごを動かしていると、汁物に手を伸ばした洪采が答えた。

「ほんとは、口止めなんてしなくてもお嬢ちゃんは喋んないと思うんだけど……。まあ、これは念のため、かな？」

「む。まだ餡に辿り着かぬ」

「割って食べればいいだろ」

「おお、そうか。で、どうして私が誰にも話さぬと思ったのだ？」

　肉饅頭を二つに割った春蘭は、熱々の餡に息を吹きかけながら訊ねた。とてもよい匂いが鼻先をくすぐり、空腹に腹が鳴る。

「事情持ちかなって思ったのと、あとは単に子供の言うことなんて誰も信用したりしないだろ」

「のう洪釆。こちらの半分を食べてくれ。一つで腹がくちくなりそうだ」

「……話、ちゃんと聞いてる？」

「聞いておるぞ。ただし、正解はちと違う」

「外れ？」

「そもそも興味がない。ぬしのことも、今まで忘れておったくらいだ」

それに洪釆はなんともいえない表情を浮かべた。しかし、春蘭の最大の目的は真名《まな》を取り戻すことなので、それ以外のことは些事《さじ》といえよう。なにより、下手に首を突っ込んで、火の粉がこちらまで飛んできてしまっては大変だ。

「思い出したぞ。私もぬしには訊きたいことがあったのだ。あの時、あれを相手にするぬしの体が光っていた。どういう術なのだ？」

「気術士を知らねぇの？」

「きじゅつし？」

「ここじゃ子供でも知ってるが……。よっぽど辺境の邑から来たのか？」

「うむ。華安には最近やってきたばかりだ」

「なら、知らなくても当然か。教えてやってもいいが、これを食い終わったらな」

確かに目の前に湯気を立てている料理が並んでいれば、春蘭の意識もそれにいきがちである。肉饅頭もほどよく冷めた。うむ、と頷いて、春蘭もそれに齧りつく。肉汁があふれ、細かく刻まれた野菜の歯ごたえがたまらない。鄭家では味の薄い芋粥や野菜の汁物が定番だったので、ここまで味つけがしっかりとした食べ物ははじめてだった。

「美味い」

「そうだろ、そうだろ。こっちの炒め物もお薦めだ」

「いただこう」

ここまでくれば、遠慮するほうが失礼というもの。口止め料だというのなら、ありがたく受け取ろうと春蘭はせっせと口を動かした。並べられた料理を食べ尽くしたあと、食後の茶を飲みつつ洪采が口を開く。

「さっきの話だが。大地を流れる気はわかるよな？」

「うむ」

春蘭が水神盤で占う際にも、用いるのが気だ。水神盤を通して気を操れるかどうかで、占師としての適性が試される。幸い、春蘭にはそれを操る才があったため、占師であった母親から手解きを受けることができた。

さらに、神がまとうのも、同じ気である。こちらは、神自身が巨大な気の塊であるといっても過言ではない。

「同じ大地からの産物である玉を受け皿として、気を吸いあげることができる――これはわかるか？」

「大丈夫だ」

水神盤の表に嵌め込まれている玉がそれだ。玉を通して地脈から気を得ることで、水に浮かぶ水神盤が動き、様々な文様を浮かびあがらせる。さらに占う者の名を通じて、個人の吉凶を見るのである。

「気術兵は、その玉を体内——心臓部分に埋め込む。その玉を通して、気を操り体を強化させるのさ」

「正気か？」

春蘭は己の耳を疑った。体内に異物を埋め込むこともさながら、地脈から得た気を人間が行使するという事実に愕然とする。

「あり得ぬ。体が持たぬぞ」

「普通ならな。でも、ごく一部、気と相性のいい人間もいる。もっとも、適性があっても気を纏うことができるのはわずかな間だけだ。連続して使い続けると体が持たないし、埋め込んだ玉が耐えきれずに壊れる恐れもある」

「当然だ」

地脈を流れる気はあまりにも強く、人にとって毒のようなもの。春蘭も水神盤を使う時は気を使うが、それはほんの少量。占う間も、なるべく玉に触れないよう、ぎりぎりの間隔をもって気を操っているのだ。

「適性というのは、どうやって確かめる？」

「玉を介して気を吸いあげ、それに触れ続けても昏倒《こんとう》しないかどうか。その確率は千人に一人だと言われている。禁軍に属しているのも、百人にも満たないんじゃないか？」

「ぬしは、禁軍ではないのだな」

「生憎と、窮屈な生活は嫌いでね。でも、大抵は禁軍に志願する。活躍次第では、将軍にまで出世できるからな。あの皇帝陛下も、元は禁軍に所属していた気術兵だぞ」

思いもよらぬ情報に、春蘭は目を瞬《しばたた》かせた。

「皇帝は武官だったのか」

「ああ。しかも、使用したのは〝龍玉《りゅうぎょく》〟と呼ばれる玉の中でも希少なもので、通常よりも倍以上の〝気〟を扱うことができるそうだ。おかげで、戦でも負けなしだったみたいだな」

「なるほど。皇帝の所業について色々と耳にしてきたが、なぜ暗殺されずにいるのかと疑問に思っていたのだ。自身が圧倒的な強さを保持しているというならば、納得できる。警戒すべきなのは毒殺くらいだろう」

しかし、洪采は首を横に振った。

「それも効かない。気で解毒してしまうのさ」

「ぬしもそうなのか？」

「まさか。普通はそんなことはできねぇよ」

「なんとも恐ろしい存在に、帝位を与えてしまったものだな」

洪采は苦笑して見せると、一気に残りの茶を飲み干した。気術兵なるものについては、わかった。守り神として長きをすごしている間に、世間は思った以上に様変わりしていたようだ。そんなことを考えていると、洪采がこちらを観察するように見つめていることに気づいた。

「私の顔になにかついているか？」

「いや、質問はもう終わりかと思ってな」

「うむ。感謝するぞ。なかなかためになる話だった」

「そりゃよかった。んじゃ、そろそろお開きにするか。あ、店員さん。さっき頼んでたやつを持ってきてくれ」

洪采が手を振って店員を呼ぶと、奥のほうから二つの包みを抱えた女性がやってきた。それを受け取った洪采が、片方を春蘭に押しつける。

「さっきの肉饅頭。お嬢ちゃんはちっこいから、全然食べてなかっただろ。土産に持って帰んな」

「そういうことならば、ありがたく頂くことにしよう。すまぬな」

「なんだったら、家まで送って行ってやろうか。その足、怪我してんだろ？」

どうやら洪采には、痛みを堪えながら歩いていたことに気づかれていたようだ。まだ温かさが残る包みを受け取った春蘭は、首を横に振った。

「一人で構わぬ。それに、ぬしに住む場所を知られるのはよい気がしない」

「信用ねぇなぁ」

それも当然か、と苦笑した洪采は春蘭の頭を軽く撫でた。

「じゃあな、お嬢ちゃん」

「ああ。また、縁があったらな」

「……そうだな。縁があれば会えるだろ」

一瞬、なにかを堪えるように顔を強張らせた洪采は、店を出たあと人混みに消えて行った。

それを見送った春蘭も、あいかわらず痛みを訴える両膝に辟易しながら歩き出す。尾行の有無を確認しながら鄭家へと辿り着き、ほっと安堵の溜息をついた春蘭は、帰宅を悟られぬようにこっそり裏庭へと移動した。

きっちり手入れがされている畑と違い、荒れ地のまま手つかずとなっている場所で、春蘭は白桃を呼び出す。

「——これなのだが、どうだ？」

肉饅頭の入った包みを差し出すと、鼻先で匂いを嗅《か》いでいた白桃が首を横に振った。

「駄目か」

「バウ」

「遅効性の毒あたりであろうな」

「ウウウッ」

春蘭が情報を漏らすとすれば、同居する親族である可能性が高い。ならば、その者達諸共《もろとも》口を封じてしまおうというところか。洪采との会話を思い出した春蘭は、やれやれと肩をすくめる。

「確かに、殺さないとは言っていないな」

春蘭が口にしたのは、すべて洪采も食べたものだ。肉饅頭の半分も、洪采は気にせず口に放り込んでいた。それで、あの店での毒殺の心配はないと判断した。気で解毒できることを知った時は焦ったが、洪采の言葉を信じるならば、そのような芸当ができるのは皇帝だけらしい。

「まったく。あんな顔をするくらいならば、そもそも助けなければよかったではないか」

縁があったら、と去り際に告げた時、洪采は一瞬、苦痛を堪えるような表情を浮かべた。きっと本人も気づいていないに違いない。

「……しかたない。これはこっそり捨てさせてもらおう。白桃、地面をちょっと深めに掘ってくれ」

毒入りの肉饅頭をそこいらに捨てるわけにもいかない。ここは畑からだいぶ離れているため、腐った肉饅頭から毒が染み出したとしても被害が及ぶことはないだろう。鬱蒼と生い茂る草を見れば、放置されていることがわかる。

「まったく。私はただ真名を取り返したいだけなのに、なぜ命を狙われねばならぬのだ」

慰めるように、白桃は春蘭の手を舐めた。ひりひりと痛む掌をぎゅっと握り締め、春蘭は嘆息を漏らすのだった。

第七章

洪采《こうわ》に毒殺されかけた日から二日が経った。

本来ならば外出しているはずが、春蘭《しゅんらん》は屋敷に軟禁《なんきん》中である。絶対に外に出てはいけないと啓璋《けいしょう》と友寧《ゆうねい》から厳命されているのだ。

原因は春蘭が負った両膝の怪我である。

手当を受けたのだから、もう平気だろうと思っていたのが間違いだった。服を汚して帰ってきた春蘭が気になったのか、友寧がどこかで転んだのかと訊いてきた。それに頷いた春蘭は、手当はしてもらったから平気だという意味を込めて膝を見せたところ、患部を覆っていた布がずれ、また、歩いたことで患部から再び出血し、それはそれは酷《ひど》い有様となっていた。

さらに親切な人物に手当してもらったのだと言うと、説教を受けるはめになった。春蘭を追い出したいはずの啓璋まで加わって、外見だけで善人だと判断してはいけない、見知らぬ人について行ってはいけないと、耳が痛くなるほど繰り返されたのだった。

そして、その結果が屋敷での軟禁である。

怪我が治るまで外出を禁じられてしまった春蘭は、渋々とそれに従った。もっとも、膝の痛みは二日経っても引かなかったので、いつものように外出することはできなかったのだが。

「……暇だの」

鄭《てい》家の茶室。

珍しく書物を紐解《ひもと》く仲望《ちゅうぼう》の背に寄りかかりながら、春蘭は幾度目かわからない言葉を口にした。仲望は左足を伸ばし、右足は胡坐を掻くというだらしのない格好をしている。主にもかかわらず、啓璋から春蘭のお目付役に任命されてしまった仲望は、面倒臭そうな気配を漂わせながら答えた。

「これでも読むかい？」

「私は字が読めぬ」

春蘭に占師としての適性があるとわかってからは、母親の指導の下で、ただひたすら水神盤と対峙していた。文字の勉強もそうだが、家の手伝いすらした覚えがない。今でこそ水神盤を通して自由に気を操れるようになったが、当時は悪戦苦闘の連続だった。

「啓璋と友寧は、文字以外にも色々と学んでいるようだな」

家人としての仕事を果たしながら、少年達は勉学にも励んでいるようだった。屋敷にある書物を片手に、仲望に教えを受けている姿が幾度か見受けられた。

「俺のわかる範囲で、だけど」

「……あやつらが成人したら、ここから巣立たせるのか？」

「本人達次第かな」

「しかし、あの二人のことだ、ぬしを一人きりにはせぬだろうよ」

「一人にしたら、飢え死にするとか思われてそうだなぁ」

そういえば、と春蘭は考える。三人しか暮らす者がいない鄭家には、不自然なほど調度品が少なかった。中庭を潰して畑にするほどなのだから、すべて売ってしまったのかもしれない。しかし、それにしては物がなさすぎた。

「そういえば、鄭玄楽《げんらく》とはどのような男なのだ？」

「唐突だね」

「敵を知ることも重要だろう」

はじめは真名《まな》さえ取り戻せればいいと思っていたが、一筋縄ではいかぬ現状に、春蘭は考えを改めた。敵を知り己を知れば百戦危うからず、という言葉もある。敵の実力を把握し、己の能力をよくわきまえておけば、戦に負けることはない。

「兄は、とても優れた人だった」

「ふむ」

「己の才に溺れず、努力を惜しまない。人格者で、誰からも慕われていた」

「ぬしもか？」

返答はなかった。背中に寄りかかっているせいで、仲望の顔は見えない。玄楽が生きていると知った時も、仲望は喜びも怒りもしなかった。淡々とした態度で、「そうだね」と言っただけだった。

「俺はあまり兄と親しくはなかったから、楊秀《ようしゅう》にでも訊くといいよ」

「そうなのか」

「母親違いの兄弟だったからね」

抑揚のない声音。あまり、兄のことには触れられたくないような——。明確ではないが、やんわりとした拒絶のようなものを感じた。背中に寄りかかっていた春蘭は、少しばかり位置を変えようともぞもぞと動く。それがくすぐったかったのか、仲望の手が伸びてきて膝に乗せられてしまった。

そのまま寝そべる形で落ち着くと、ひんやりとした手が頭を撫でる。

「怪我をしたと聞いたけど。具合はどうなんだ？」

「だいぶよくはなったが、歩くとさすがに痛む。腹が減るのも辛いが、これもなかなか大変だな。なにより、空腹は食事をすれば収まるが、痛みはそう簡単に治まってはくれぬ。それに、啓璋が塗る薬は染みる」

「確かに」

珍しく仲望が笑いを零す。その表情には翳《かげ》りのようなものは見られなかった。玄楽については、楊秀に訊ねたほうが無難だな、と春蘭は仲望を見上げながら思う。

少しばかり硬い枕に頭を預け、うとうとしはじめた時だった。戸口のほうから、がたん、となにかが壁にぶつかったような音が響く。上体を起こしてそちらに顔を向ければ、そこには楊秀と彼を案内してきた啓璋の姿があった。楊秀は至極真面目な表情で、啓璋は顔を真っ赤に染めている。

「すまん。邪魔をしたな」

「うむ。昼寝の邪魔ではあったな」

「そうか。昼寝をするまでに仲を深めたか！」

話が通じない。とはいえ、楊秀に玄楽のことを訊ねる機会である。しかし、体を起こしたところで、春蘭は啓璋によって部屋から連れ出されてしまった。

「楊秀様は内々の話があるようだから、お前はこっちに来い」

「わかった」

「歩けるか？　背負ってやってもいいぞ？」

「……いや、遠慮しておこう」

「んだよ、人が親切で言ってやってるのに」

怪我を負ってから、春蘭のことを蛇蝎《だかつ》のように嫌っていた啓璋が、なぜか妙に甲斐甲斐《かいがい》しく世話をしてくれるようになった。もっとも、ぐちぐちと文句を言いながらではあるが、それでもあれこれと春蘭の身を気遣ってくれる。

怪我をした動物に、無意識に優しく接するような感じじゃないかな、というのが春蘭の話を聞いた仲望の見解だった。動物に喩《たと》えられたことに多少の不満を感じつつ、春蘭は過保護になってしまった少年に困惑を隠せない。

「あとで薬を塗り直すぞ」

「あれは染みるのだ……」

「嫌になるくらい知ってるよ」

啓璋に手を引かれて回廊を歩いていると、前方から盆に茶器を載せて運んでくる友寧の姿があった。こちらに気づくと、足を止めて感情の籠もらない視線を向けてくる。そういえば、啓璋が甲斐甲斐しく世話を焼くようになってから、なぜか今度は友寧が春蘭を避けるようになった。

仲望や啓璋がいる前では今までのように振る舞うのだが、時折、刺すような視線を向けられることがある。引っ込み思案な性格だと思っていただけに、その豹変《ひょうへん》には首を傾げざるを得なかった。

「あ、友寧。さっき、楊秀様から土産を頂いたんだ。話が長引くから、先に食ってろってさ。ちょうどいいから、それを昼食にしようぜ」

「うん、わかったよ」

にっこりと微笑むが、やはりけっして春蘭を見ようとはしなかった。厨房に向かえば、啓璋が言うように卓の上に大きな包みが置かれてあった。啓璋がそれを開けてみると、中から出てきたのは――。

「肉饅頭か……」

まさかの偶然に、春蘭は微妙な気持ちになった。だからどうというわけではないが、先日のことを思い出さずにはいられない。

「どうしたんだ？　肉饅頭が嫌いなのか？」

「いや、そういうわけではないが……」

形といい、大きさといい、あの肉饅頭にそっくりだ。春蘭は複雑な気持ちで楊秀の土産を見つめた。

「冷めてるから、蒸《ふ》かし直すか」

「手伝うぞ」

「お前は座ってろ」

竈《かまど》に火を入れる啓璋を眺めながら、こちらは怪我が治るまでこの調子か、と春蘭は嘆息したのだった。

「女っ気の皆無だったお前が、あそこまで気を許すのは珍しいな。いい傾向だ」

友寧が運んできた白湯で口を潤しながら、楊秀は満足げに告げた。それに、仲望はやや不機嫌な声音で応じる。

「なにしに来たんだ？」

「四日前を最後に消息を絶っていた攫猿《かくえん》が、昨夜ようやくあらわれた」

「やっとか……」

あれから仲望は、楊秀によってむりやり連れ出されるといった日々が続いた。昨夜は、少しくらい休ませろという仲望の主張が通り、屋敷で安眠を貪《むさぼ》っていたのだ。

「しかし、間が悪かったな」

「まったくだ。しかも姿をあらわしたのは、よりによって花中書令《かちゅうしょれい》のお屋敷だ」

「花中書令の？」

さすがの仲望も、これには驚いた表情を浮かべた。また高官の屋敷だろうとは思っていたが、まさか上司のところにあらわれるとは。楊秀は深く頷いて、話を続ける。

「幸いにも警備が厳重だったため、攫猿の侵入は防げたそうだ。重傷者はいるものの、死者もなかったと聞く。花中書令も無事だ」

「攫猿は、なぜ中書令の屋敷を？」

「さて……これまでのことから考えれば、若い娘を狙ったのではないか？　中書令の屋敷には姪御殿がいたはずだ」

「ああ、彼女達か」

花家の姉妹とは仲望も面識があった。言葉を交わしたのは数えるほどだが、両親を亡くしたところを伯父である興奏《こうそう》が引き取ったと聞いている。

「今回は無事だったが、また狙われないとも限らない」

興奏は亡き弟夫婦の忘れ形見である姉妹を、殊の外可愛がっているだけに、今頃、必死になって私兵で屋敷を固めていることだろう。

「そこでお前には、今夜から花家の警備に回って貰いたい」

「ちょっと待て。そんな場所にまで、俺は引っ張り出されるのか？」

「しかたがないだろう。私は警備に回れぬのだ」

忌々しげな表情を浮かべた楊秀は、拳《こぶし》を床に叩きつけた。鈍い音が室内に響き、沈黙が落ちる。仲望はなにも言わず、楊秀が口を開くのを待った。

「……禁軍への勅命が取り消された」

「どういうことだ？」

「陛下のご命令だ。街は龍乎《りゅうこ》に任せ、禁軍は紫宝宮《しほうきゅう》及びその周辺を厳重に警戒せよとのことだ。陛下は後宮の女達が守れれば、それでいいと思われたらしい」

吐き捨てるような口調だった。滅多なことでは皇帝への批判を口にしない楊秀も、今回ばかりは思うところがあるらしい。溜息をついた楊秀は、空になった茶器を眺めながら迷うような眼差しを仲望に向けた。

「花家のこともあったが、もう一つ別に相談したいことがある」

「なんだい？」

「中書令子飼いの情報屋がいただろう」

「確か趙《ちょう》、だったかな」

いつも背中を丸めて歩く小柄な男を思い出し、仲望は頷いた。

「中書令はその男を通じて、私に極秘の情報を持ってきた」

極秘とされる情報が、よいものであった例《ためし》はない。だからこそ、楊秀も話すのを躊躇っているのだろう。結果的に、仲望を巻き込んでしまうことになるから――。しかし、身の内に留めるには大事すぎる。仲望はしかたなく、「聞こう」と短く返した。

「……陛下が、太子を廃そうと画策している。昨年、黎貴妃《れいきひ》が産んだ祥安《しょうあん》様を跡継ぎにと望んでおられるそうだ」

「あり得る話だ」

後宮には千を超える美女が集められている。その中でももっとも皇帝の寵愛が深いのが、黎貴妃だ。

皇帝の寵愛を一身に受けた黎貴妃はほどなく第一子を身籠もり男児を出産。皇后の次に位置する四夫人の一つ、貴妃の座に就いた。後宮での黎貴妃の権威は、太子の生母である皇后を凌《しの》ぎつつあると噂されている。

しかし、その権威も皇帝の寵愛があってこそ。このままでは皇帝亡きあと、黎貴妃と公子は間違いなく排除されるだろう。それを防ぐためには、なんとしてでも皇帝が健在のうちに、我が子を太子の座に据えなければならない。

太子が国境の警備を任されたのも、これ以上、民衆の支持を集めないよう、黎貴妃が皇帝に懇願したためだと噂されていた。

「今のところ、太子側に廃嫡されるに足る理由はない。病についても、華安《かあん》に戻ってからは回復に向かっていると聞く。そうなると、もっとも警戒すべきは――」

「暗殺、か」

「ああ。廃嫡劇を画策するよりも、亡き者としてしまったほうが手っ取り早いと陛下はお考えになるだろうな」

血の繋がった自身の子を殺すことに、皇帝は躊躇《ちゅうちょ》しないだろう。すでに、その両手は血族の血で染められている。親子の情は期待できない。皇帝沸儀《ふつぎ》は、わずかな甘さが命取りとなる世界でたった一人、勝ち残った人物なのだ。

「花中書令はなんと？」

「太子が暗殺の刃に倒れれば、華国《かこく》の民は長きにわたり苦しむことになる、と。つまるところ、太子についてほしいというわけだ」

「楊秀はどうするつもりなんだ？」

楊秀は仲望と違い、韓《かん》一族を率いる本家の嫡男だ。己の判断一つに一族の命運がかかっているといっても過言ではない。だからこそ考えあぐね、仲望に相談しに来たのだろう。

「個人的な感情を優先するのであれば、迷いなく太子につく。だが……陛下が健在の今、太子につくのは不利だ。それに、祥安様はお生まれになったばかり。周囲から奸臣《かんしん》を排除し、しっかりとした教育を受けられれば暗愚にお育ちになることもあるまい」

「だが、そうなれば太子は……」

「皇后諸共、亡き者とされるだろうな。たとえ命を優先して太子の位を返上したところで、陛下が――黎貴妃が不穏な種を放置しておくはずがない」

そこで楊秀は溜息をついた。

「太子は暗殺を警戒して雲隠れしているという噂だ。もしかしたら、華安にはいないのかもしれん。地方の権力者を口説き、兵力を集めている可能性もある」

「反旗を翻す以外に、生き残る手段はない、か」

「ああ」

地方の、皇帝に反感を抱く官吏達を口説き落とすことができれば、太子は大きな力を持つことになる。むろん、それでも皇帝の優位に変わりはないが、武力による闘争に発展した場合、地方を押さえる意味は大きい。

「……皇帝にも太子にもつかず、中立の立場は取れないのか？」

どちらにもつかない、と明言することもまた一つの手である。とはいえ、勝者からの印象は悪い。一門の存続には繋がるだろうが、時の権力者からの冷遇を覚悟しなければならなかった。しかし、それでも仲望は中立の立場を提案した。

「争いの規模が拡大することを防ぐ、という大義名分を掲げればいい。皇帝と太子の対立が華国全土に広がることを危惧している権力者達の中にも、同調者はでてくるだろう」

「それは……おそらく、むりだろうな」

首を横に振った楊秀は、見ているこちらの気が滅入るような重い溜息をついた。

「私もそうだが、うちの一族は、根っからの武人が多い。中立などという姑息《こそく》な手段を取るくらいならば、一族諸共滅んだほうがましだという者が大半だ。私も、様々な柵《しがらみ》に悩むくらいならば、早々に旗色をはっきりさせたほうがいいと思っている」

冷静に考えるならば、太子側の勝ち目は薄い。だが、劣勢だからこそ味方することで恩を売れるという利点もある。太子が皇帝になったあかつきには、韓家は優遇されるだろう。しかし、それも太子側に勝機があればの話だ。一族の存続を考えれば、皇帝側につくほうが賢明だ。誰もがそう思っている。

「太子を担ぎ上げる中書令には、なにかと世話になっている。できれば、太子についてその恩を返したいところだが……難しいな」

「盛申《せいしん》様はなんと？」

「父上には、自分は引退したようなものだから、代わりにお前が決めろと言われた」

楊秀同様、禁軍で将軍位を務めていた韓盛申は、当主の座に就いてはいるものの、自由気ままな生活を送っていると聞く。家督《かとく》を楊秀に譲る日も、そう遠くはないだろう。

「あれでよく、韓家の当主を続けてこられたものだ」

「人望が成せる業だろ」

当時、同じく大将として禁軍に所属していた沸儀が、絶対的な力で部下を従わせていたのに対し、盛申は人徳によって部下を従えたと聞く。あまりにも対照的な二人だったが、仲はさほど悪くなかったというから不思議な話だ。

「盛申様は、今の陛下をどう思われているのだろうな」

「なにも考えていないのかもしれんぞ。陛下が帝位に就いた時も、気軽に酒を飲める相手が減ったと嘆いていたくらいだ」

諦めたように嘆息した楊秀は、空になった茶器を掌で弄《もてあそ》びながら告げた。

「迷いはある。だが、もしも双方の対立が激化すれば、韓家は皇帝陛下——祥安様につくことになるだろう。勝手を言うならば、太子にはそうそうに帝位を諦め他国に亡命してもらいたいところだ」

「確かに勝手だ」

「わかってる。だが、それが被害を最小限に抑える最善の策だ。太子側も、担ぎ上げる対象がいなくなってしまえばどうしようもない」

「太子は引くかな？」

「引かぬだろうな」

太子・博焚《はくたく》は義俠《ぎきょう》の人である。父親の暴虐振りを諫め、蟄居《ちっきょ》を命ぜられたことも少なくない。太子という地位にありながら驕《おご》ることもなく、その名声は広く知れわたっていた。

「あの人は、見た目によらず激情家だ。自分だけが助かろうなどと、間違っても思わぬだろうよ」

「そうだね」

「だからといって、手をこまねいているとも思えん。太子側がどう仕掛けてくるにせよ、お前は今まで以上に、中書令からしつこく勧誘されるだろうな」

「中書令は太子に心酔しているからなぁ。やっぱり、花家の警備は断る。ものすごく面倒臭そうだ」

「そういうな。太子もだが、花中書令自身にも暗殺の危険はある。攫猿の騒動にかこつけて、命を狙われるやもしれん」

「……だから、俺か」

「私が個人的に手を貸すわけにはいかんからな」

「それで俺が、太子に与したと思われたらどうするんだ」

ただでさえ、花中書令には太子の側近として勧誘を受けているのだ。仲望が単独で警備に参加した場合、そう見る者がいてもおかしくはない。

「なに、お前は禁軍にも同行していたのだから、姪御を心配する花中書令に懇願されたとでも言っておけばいい。幸い、花中書令はお前の上官だ。断り辛かったとすれば、邪推する者もいないだろう」

「そうならいいけどな……」

「花中書令には恩義がある。ここで一つくらい返しておけ」

それを言われると、仲望も断り辛いところである。禁軍を退官した時、興奏が便宜を計ってくれなければ路頭に迷っていた。足に後遺症を抱えた仲望では、なかなか働き口は見つけられなかっただろう。

「……しかたない」

「けっして猩猩緋《しょうじょうひ》に遅れを取るなよ」

「それは楊秀の都合だろう。俺としては、攫猿を退治してくれるなら、猩猩緋だろうが龍乎だろうが、どちらでも構わないさ」

興奏の暗殺も警戒し、なおかつ攫猿も退治しろだなど無謀もいいところだ。二兎追うものは一兎をも得ず、である。

「私も歩哨《ほしょう》の際に、それとなく警戒範囲を広げておく」

「そんなことをして大丈夫なのか？」

「理由などいくらでも後づけできるだろう。攫猿を目撃したから追いかけたとでも言えばいい。その先に、たまたま花中書令の屋敷があったというだけだ。攫猿を仕留めれば、陛下も満足なさる」

「だといいけど」

楊秀はよほど今回の命令が納得できないのだろう。もし攫猿が興奏の屋敷を狙っているのであれば、待ち伏せして仕留める絶好の機会である。

「俥は韓家のものを使うといい。家宰《かさい》に頼んでおこう」

「はぁ……。そろそろ啓璋達も怪しみはじめてるから、これっきりにしてほしいよ」

ただでさえ、出不精の仲望が夜になる度に外出するため、二人からの視線も訝しげなものになっていた。これが続くようであれば、包み隠さず話さなければならないだろう。なにかと負担をかけ続けている家僕の少年達には、これ以上、心配をかけたくはなかった。

木刀の打ち鳴らされる音が中庭に響く。

楊秀が啓璋と友寧に剣の稽古をつけているのである。春蘭は中庭に面した回廊に座り、それをぼんやりと眺めていた。

片手で木刀を握る楊秀は、少年達を同時に相手しているにもかかわらず、その場から一歩も動いていない。啓璋と友寧は素早い動きで相手を翻弄し、隙をつく作戦をとっているようだが、先ほどからいまいち成果は見られなかった。

「ほう。なかなかやるではないか」

「啓璋と友寧は小さい頃から、楊秀の手解きを受けているんだよ」

春蘭のとなりで同じように稽古を眺めていた仲望は、のんびりとした口調で答える。左右に素早い動きを繰り広げる少年達は、春蘭から見ても充分に速いのだが、楊秀はいともあっさりとそれを躱《かわ》してしまう。

しかし、啓璋達は何度、木刀を弾かれても、戦意を喪失《そうしつ》することなく楊秀に向かっていく。やがて体力が尽きたのか、途中で脱落した友寧がふらふらとした覚束ない足取りでこちらに向かってきた。そんな少年に、仲望が思い出したように声をかけた。

「そういえば、友寧。今夜、花家に顔を出すことになったから」

「わかりました。お泊まりになられるのですか？」

「そうなる」

二人の会話をなんとなしに聞いていた春蘭だったが、仲望の口から出た〝花家〟という言葉に思わず肩を揺らした。友寧はしばらく仲望と話したあと、「もう一度、挑んできます！」

と宣言し、再び楊秀の元へと戻って行った。それを見送りながら、春蘭は素知らぬ顔で仲望に訊ねる。

「花家とは、どこの花家だ？」

「どこのと言われても……。花家は花家だけど」

質問の意図を摑み兼ねたのか、仲望は逆に問うように春蘭を見た。

「うむ。では、その花家には、翠蓮《すいれん》、玉翠《ぎょくすい》という名の姉妹はいるか？」

「いるよ」

やはり、と春蘭は心中で呟いた。

「のう、仲望。それはやはり〝大人の野暮用〟というものか？」

「ちょっと顔を出すだけだよ」

仲望の顔色は変わらない。のんびりとした口調で答えると、視線を楊秀達の元へと向けてしまう。それに対し、春蘭はあえて追及することなく、「そうか」と頷いた。しばらく黙っていると、仲望が口を開いた。

「春蘭は、二人を知っているのかい？」

「とある縁から友達になったのだ。以前、干菓子を貰ってきたことがあったろう？　あれは、翠蓮達に貰った。それにこの服をくれたのもあやつらだ。遊びに来いと言われているが、この足だ。姉妹に――特に玉翠に会ったならば、約束を忘れたわけではないと伝えておいてくれぬか？」

「わかった。会えなかった時は、家人に伝えておくよ」

「頼んだぞ」

しばらくして、力尽きた啓璋が地面に突っ伏した。土に塗れるのもかまわず、四肢を投げ出して荒い息をついている。それに釣られるようにして、友寧も地面に座り込んでしまう。

「どれ、水でも持って来るか」

仲望は重い腰をあげるようにして立ちあがった。そして、片足を庇うようにして回廊の奥へと姿を消す。それと入れ替わるようにして、春蘭のとなりに楊秀がどかりと腰を下ろした。

「最近、仲望とはどうだ？」

「質問の意図がまったくわからぬ」

「先ほどはずいぶんと親しげに見えたが。そなたの年齢があと少し上ならば、さっさと鄭家に輿入《こしい》れさせるのだがなあ」

嫁になる気はないのだが、いくら言葉を重ねたところで楊秀が納得してくれるはずもなく。面妖な彼の中では、春蘭はすでに鄭家の嫁として認識されているのだろう。

「ところで、楊秀は気術兵というものなのか？」

「そうだ。仲望から聞いたか？」

「いや。街に出た時、たまたま耳にしたものでな」

気術兵については洪采から得た情報だが、それを正直に言えるわけもない。その辺りのことは、曖昧に言葉を濁した。

「仲望もそうなのか？」

「元、と言うべきか。今は違うぞ」

楊秀の言葉に春蘭は首を捻った。しかし、楊秀はそれ以上のことを話すつもりはないようで、話題はふたたび仲望の嫁取りに戻ってしまう。

「そもそも、あの仲望が他人を傍に置くこと自体が珍しいのだ。嫁がくれば、自ずと気持ちも変わるはず。春蘭も頑張って、あいつの心を奮い立たせてくれ！」

「むりを言うでない」

　呼吸するのも億劫だというくらい面倒臭がりな仲望なのだ、楊秀の願望は永遠に叶《かな》うことはないだろう。それになにより、真名を取り戻せば春蘭は故郷の邑《むら》へと戻らなければならない。嫁は別に探してもらいたいものだ。

「いや、あいつは今でこそああだが、昔は勤勉な奴だったんだぞ」

「想像がつかぬな」

「兄に負けじと、勉学も武術も、日々努力を重ねていたものだ」

「……鄭玄楽のことか」

　じわりじわりと、心の奥から憎しみが湧き起こる。守り神から〝真名〟を奪った大罪人。玄楽のことを聞くだけで――その名を口にするだけで――御し切れない憎悪が体からあふれだしそうだった。

「ぬしは、あやつの居場所を知っておるか？」

「玄楽は亡くなったぞ。仲望から聞いていないのか？」

いちるの望みをかけて訊いてみたが、やはり返答は同じだった。楊秀に嘘をついているような素振りはない。自身の占いに信を置いている春蘭ではあったが、進展のない現状に苛立ちを感じはじめていた。

「玄楽はなにをしても優秀な男だったからな。仲望はその弟というだけで、できのよい兄と比べられてきたのだ。まあ、その兄も兄で、他者とは異なる外見のせいで苦労をしたが」

確かに、鄭玄楽の外見――赤銅色の髪と瞳は華国では滅多に見ないものだった。おそらく、異民族の血が入っているのだろう。たったそれだけでも、偏見と差別は横行するものだ。さらに優秀であれば、妬みや嫉《そね》みも受ける。

玄楽について語っていた楊秀だったが、なにかを思い出したかのように目を伏せた。

「……四年前だ。四年前の戦をきっかけに、すべてが変わってしまった」

「楊秀？」

「そこで、なにかがあった。玄楽は死に、仲望は変わった。未だにその理由は話してもらえない。だから、だ」

楊秀はなぜか気迫の籠もった眼差しで、春蘭を見下ろした。

「仲望の心の傷を癒《い》やしてやってくれ。それに、あれも守るべき者ができれば、性根を入れ替えるやもしれん。いや、必ず奮起するはずだ。頼んだぞ、仲望の嫁！」

痛いくらいに肩を叩かれ、春蘭は悲鳴をあげそうになった。怪我を負っている膝へと振動が伝わり、先ほどより痛みが増した気がする。

仲望が戻る前に、事態に気づいた啓璋によって春蘭は助け出された。怪我人になんてことをするのだと、楊秀に文句を浴びせる啓璋の声を聞きながら、春蘭は先ほどから地面に座り込んだままの友寧へ視線を向けた。

——やはりおかしい。

ふむ、と呟き、春蘭は首を傾げたのだった。


そして、夜半。

人々が寝静まった頃、春蘭は中庭に面した回廊に一人佇《たたず》んでいた。

夕立があったせいか、雨の匂いが辺り一帯に漂っている。頭上を仰げば、分厚い雲が空を覆っていた。

以前のように月明かりはない。

攫猿が屋敷を襲撃するには、もってこいの夜である。

「この胸騒ぎも、気のせいだとよいが」

占師という職業柄、重要視されるのが〝勘〟である。なんの根拠がなくても、直感には従うべきだと春蘭は母親から教わっていた。

「……ところで、ぬしは私になにか用か？」

視線を回廊の奥に向ければ、暗闇の中から寝間着姿の友寧が姿をあらわした。平生の少年からは想像もつかないほど、冷えた眼差しで春蘭を睨みつける。

「――出てって。この屋敷から、出てってっ」

啓璋とは違う、悲鳴のような叫びに春蘭は眉を寄せた。ここ数日ほど友寧の様子がおかしかったのは、自分が原因だったのだろうか。しかし、春蘭が怪我を負った日までは、友寧に変わったところはなかった。

「友寧？」

「お願いだから、出てって。その服をくれた人のところにお世話になればいい。お願い、お願いだから、もうなにも壊さないで……！」

蹲って泣き出した友寧の肩に、春蘭はそっと触れた。びくっ、とか細い体が揺れるが、振り払われることはなかった。

「私が出て行けばよいのか？」

「う、うううっ」

「それで、ぬしは満足なのか？」

だが、涙に濡《ぬ》れた顔を上げた友寧は、違うというように首を左右に振った。

「ごめ、なさい……っ」

「友寧？」

「違う。君は、悪く、ない」

悪くないんだ、と震える声で友寧が呟いた時、回廊の奥から微かな物音が響いた。それはじょじょにこちらへと近づき、暗闇から灯りを点した燭台を手に、焦った様子の啓璋が姿をあらわした。

「友寧！　お前、どうしてこんなとこに！」

涙を零しながら放心する友寧に駆け寄った啓璋は、困惑げに春蘭を見詰めた。

「ゆっくりでよい。悩みがあるならば話してみよ」

啓璋と共に背中をさすれば、しゃくり上げる声が小さくなっていった。やがて、友寧は燭台の火を見つめながらゆっくりと口を開く。

「……玄楽様が亡くなって、旦那様が禁軍を辞められた時、それまで働いていた人達は、僕と啓璋を残してみんな出て行ったんだ。屋敷の物を勝手に持ち出して……。ずっと一緒に暮らしてきたのに。止めようとした僕と啓璋は殴られて、なにもできなかった。それなのに、旦那様は僕らに〝ごめん〟って謝るんだ。悪いのは旦那様じゃないのに」

友寧の顔が悔しげに歪《ゆが》んだ。見れば、啓璋も当時のことを思い出したのか、苦しげな表情を浮かべる。玄楽の遺品がなにひとつ残っていなかったのも、鄭家で働いていた者達に持ち去られてしまったからなのだろう。

「そうか。辛かったな」

友寧は恐れたのだ。春蘭のいる日常が当たり前になったあと、また昔のように裏切られ、それによって自分が——仲望と啓璋が傷つくことを。啓璋が春蘭を追い出そうとしているうちはまだよかった。でも、怪我をしたことで、その態度も軟化してしまった。

むろん、それは春蘭が鄭家を去った者達のような行動に出るという前提での話だが、友寧の心には猜疑心《さいぎしん》が深く根づいていた。猜疑心が不安を呼び、あのような態度へと繋がった。

「私がこの家に仇《あだ》なすと思ったのか？」

「そうじゃなくて……ごめん。さっきの言葉は、ただの八つ当たりだったんだ」

「八つ当たり？」

「僕も、それに啓璋も、君がそんなことをするとは思ってないよ。ね？」

同意を求めるように友寧が啓璋を見れば、渋々といった様子ではあるが、啓璋の首が縦に振られた。

「よく考えたら、こんな子供になにもできるわけねーしな。まあ、初日の占いってやつにはさすがに腹が立つけど」

「そうだね。あれは僕も嫌だったな」

わずかにだが、友寧は口の端に笑みを浮かべた。そういえば、彼らはいったいなにに腹を立てたのだろうか。

「どこが間違いだったのだ？」

「少し考えりゃわかんだろ」

「わからぬから訊いておる」

啓璋は呆れたような顔を、友寧は困ったような顔をそれぞれ春蘭に向けた。先に口を開いたのは啓璋である。

「俺は、俺達の善意を利用されたみたいで嫌だったんだよ。見返りが欲しくて善行したわけじゃない」

「僕も同じかな。困っていたお爺さんを助けられたことはよかったと思っているけど、でも、そんな方法で食料を得たいとは思わないよ」

なるほど、と春蘭は頷いた。春蘭にしてみれば、少年達の善行を利用したつもりはないが、結果としてそういう形になってしまった。それを、啓璋達は潔しとはしなかったのだ。

「よくわかった。私が取った方法は、好ましいものではなかったのだな。不快にさせてすまなかった」

すんなりと出た謝罪の言葉に、啓璋と友寧は目元を和らげた。「わかればいいんだよ」と、啓璋がぶっきらぼうに言い、友寧も「もう二度とあんなことはしないでね」と言った。

「うむ。食い扶持は、真っ当な方法で稼ぐことにしよう」

「なんか、それはそれで心配だな」

和解したところで、再び友寧の表情が曇り出した。

「どうしたのだ？」

「……旦那様が」

「仲望が？」

「攫猿退治に、出て行かれて……」

ほろり、ほろりと、また友寧の頰を大粒の涙が伝う。はっとしたように、啓璋が友寧の肩を摑んだ。

「どういうことだよ。旦那様は花中書令様のお屋敷に行ったんじゃ」

「楊秀様との話を、聞いちゃったんだ。旦那様の弓の腕を貸してほしいって。四年前に負った怪我で、左足が上手く動かないのに！」

友寧の悲痛な叫びに、啓璋も顔を歪めた。二人の体が小刻みに震える。大切な人の命が失われるかもしれない可能性に脅えているのだ。

「あ、あんなに、強かった玄楽様だって、あっさり死んじゃったんだ。だから、もしも旦那様が死んだりしたら、って思って。春蘭が来る前は、平和で、不安に思うことはなかったんだって思ったら、すべての元凶のように思えて……！」

ごめんなさい、と友寧は絞《しぼ》り出《だ》すように告げた。春蘭が鄭家へとやってきた時期と、攫猿の件で仲望がかりだされたのが、たまたま合致しただけなのだと、友寧もわかっているのだろう。

だが、弱い心は憎しみを向ける相手を欲した。それが、春蘭であったというだけだ。なるほど。だから〝八つ当たり〟だったのか、と春蘭は納得した。

「落ち着けって。楊秀様がついてるなら、きっと大丈夫だ」

「違う。楊秀様は後宮の警備があるから、一緒にはいられないって。花中書令様の私兵はいるけど、でも……」

絶句する啓璋の表情も、じょじょに青褪《あおざ》めたものになる。

「仲望様……っ」

悲痛な友寧の声。

ああ、自分はこの声を知っている。

戦へと向かった大切な人の無事を祈る声だ。

人攫いに奪われた子の無事を願う声だ。

死に瀕《ひん》した者を助けてほしいと、神に縋る声だ。


〝神様、神様、神様――どうか〟


「その声、私が聞き届けよう」

春蘭の唐突な声に、友寧と啓璋は涙に濡れた顔をあげた。

「ぬしらにも、仲望にも恩がある」

「春蘭？」

袖で友寧と啓璋の顔をごしごしと拭く。ぽかんとする二人に、春蘭は微笑んだ。

「仲望を守り、無事に連れ帰ればよいのだろう？」

そうすれば、この二人は泣かない。聞いているだけで胸が苦しくなるような声をあげたりしない。ならば、春蘭が取る道は一つだ。

「こい、白桃《はくとう》」

呼び声に姿をあらわした白桃は、春蘭に甘えるようにすり寄った。少年達が茫然と見つめる中、ひらりと白桃の背に跨がる。

「行け！」

白桃のしなやかな体が暗闇に躍った。その背にしがみつきながら、春蘭はふと思い出したように「洪采がいたら面倒だな……」と呟いた。

第八章

篝火に照らし出された屋敷は、物々しい雰囲気に包まれていた。

広い屋敷の周囲には、至るところに鎧甲をまとった私兵の姿が見える。もとより花《か》家の警備を担っていた兵士の他に、攫猿《かくえん》による襲撃後、急遽《きゅうきょ》、増強された者達だ。しかし、兵の数はあれど、統率の取れていない警備体制に、どうしても寄せ集めの印象が拭えない。これで攫猿を迎え撃つのか、と仲望《ちゅうぼう》は嘆息した。

「ぬしが溜息とは珍しいな」

仲望の隣には、なぜか興奏《こうそう》の姿がある。屋敷の者達にも、危険だから屋内にいてほしいと哀願されたのだが、本人は自らも槍を取って戦う気のようだ。もっともそれは、寄せ集めの警備兵達の危うさを理解した上での行動だろう。

命令系統がなっていない部隊でも、指揮官がしっかりしていれば存外に戦えるものだ。現在は一文官にすぎない仲望では、寄せ集めの兵をまとめることは難しかった。もっとも、そんな疲れることは頼まれてもごめんだったが。

「禁軍はむりでも、せめて龍乎《りゅうこ》に応援を頼めなかったんですか?」

「民のための衛兵を、私的に使うことはできぬ」

「はぁ」

攫猿を討ち取る気でいる興奏を横目に、仲望はもう一度、深く溜息をついた。攫猿も問題だが、楊秀《ようしゅう》が言っていた暗殺者にも注意を払わなければならない。一人で背負うには、あまりにも重い荷物だ。

「しかし、有事に駆けつけてくれたということは、ようやく太子側につく気になったか」

「恣意的に解釈しすぎですよ」

「なんだ。違うのか」

「そもそも、俺一人が味方になったところで、大局はなんら変わりませんて」

「お主の短所は、自分の能力を下に見すぎることだな」

あなたの短所は、人を買いかぶりすぎるところですよ、と返したい気持ちを堪える。攫猿でもなんでもいいから、はやくあらわれてくれないかなと思った時だった。できれば聞きたくなかった声が、仲望の耳朶《じだ》を打つ。

「鄭《てい》仲望。なぜ貴様がここにいる！」

視線を向けた先には、咎めるような声とは裏腹に、嬉々とした眼差しでこちらを見る姫子《きし》慮《りょ》と、そのとなりで申しわけなさそうな顔をする杜文重《とぶんちょう》の姿があった。

「興奏様。龍平の応援はなかったのではありませんか？」

「彼らは龍平とは関係なく、個人として今回の警備に参加してくれたのだ。なんだ、知りあいか？」

「まあ……」

知りあいといっていいものか、と仲望はうんざりしながら子慮を一瞥《いちべつ》する。出会いは四年前の戦。動員された兵の大半は禁軍だったが、兵糧を運ぶ荷車の警備や野営地の設置などの応援に呼ばれたのが、龍乎だ。

もちろん、彼らも戦力の一つとして数えられ、武器を取って戦に当たった。その最中、なぜか仲望は子慮に好敵手と認識され、顔をあわせる度に手合わせを求められるようになったのである。

「ここで会ったが百年目。潔く、俺と勝負しろ！」

「だから、むりだって」

「そうやって、いつものらりくらりと逃げやがって。今日という今日は逃がさねぇぞ！」

声を張り上げる子慮に、中庭で警備を行っていた者達が、何事かと窺うような視線を向けてくる。これから攫猿があらわれるかもしれないという状況で、なぜ勝負しなければならないのか。

そもそも、片足が不自由な仲望と、現役の兵士である子慮では、戦うまでもなく勝敗は明らかだった。しかし、それで納得してくれる相手ならば、苦労はしないわけで。

「もちろん、条件つきだ。俺は片手で、足技も使わない。どうだ！」

「どうだ、じゃなくて……」

「勝負をするのは構わぬが、できれば時と場所を考えてもらえんかな」

反射的に反応しかけた子慮だったが、仲望の隣にいる人物が何者か悟ったのだろう。焦った様子で、わたわたと両手を上下に動かす。龍乎の兵士にとって、中書令《ちゅうしょれい》は殿上人そのものである。

「あ、あの、これは……」

「若者は血気盛んでよいな。仲望も少しは見習ったほうがよいのではないか？」

「遠慮いたします」

仲望は深い溜息をついた。そんな仲望には構わず、興奏は緊張のために固まってしまった子慮に言葉をかける。

「君のことは姪達から聞いているよ。先日は本当に助かった。あの子達になにかあれば、わしは亡き弟に顔向けができぬところであった」

「い、いえ。自分は当然のことをしたまでです！」

「先日も、そう言って礼を受け取らなかったそうではないか。もしも困ったことがあれば、なんでも相談してくれ。微力ながら力添えしよう」

「ありがとうございます！」

子慮の意識が興奏に向いている隙に、仲望は気配を殺しながらその場を離れようとした。だが、文重にがっしりと腕を摑まれてしまう。

「お久し振りです」

「……放してくれ」

「申しわけありませんが、ここでじっとしておいてください。あなたの姿が見えないと、隊長は捜しに行ってしまうんですよ」

　意地でも放すものか、と縋りつかれ仲望はうんざりした。子慮の我がままに振り回される文重には同情するが、だからといって人身御供《ひとみごくう》になるつもりはない。

「別に、うろうろしてもいいんじゃないか？」

「隊長の方向音痴を甘く見ないでください。知らぬ間に敷地内から出ていたらどうするんですか」

「悪いが、俺にはなんの関係も――」

　言い終わるより先に、仲望の体は文重によってその場に引き倒されていた。ぽかんとして見上げれば、文重が顔を真っ赤にして怒鳴る。

「なにいきなり攻撃してるんですか！」

「あん？　だから勝負しようって言っただろ」

　悪びれた風もなくあっけらかんと告げる子慮に、文重は全身を震わせる。

「龍乎の隊長が、無抵抗の一般人に斬《き》りつけていいと思ってるんですか！」

「そいつは一般人じゃねぇ。俺様の好敵手だ！」

「好敵手だからって、怪我をさせたら犯罪ですからね。犯罪ですよ！」

「ちょっと斬りかかっただけだろ」

「駄目です！」

地面に寝転がったまま二人のやり取りを眺めていた仲望は、うんざりしながら上体を起こした。再び興奏が子慮に近づいて行くのが見えたからだ。興奏に遠慮して、文重が二人の傍から離れる。土を払いながら立ち上がった仲望は、そっと文重に近づいて、背後から片手で口を覆った。

「静かに。花中書令は太子のことで苦境に立たされている。味方が一人でも欲しい状況だ。念のため、面倒事に巻き込まれたくなければ子慮から目を離すな。あいつは単純だから、なんでもほいほい頷くぞ」

「んむ。んむんむむむっ」

「すまん。鼻まで押さえてた」

ぱっと手を放すと、顔を真っ赤にした文重が必死に息を吸った。しばらくぜいぜいと肩で息をつき、涙目を擦りながら仲望を振り返る。

「ご、ご忠告、ありがとうございますっ」

「礼よりも、あの猪突猛進男をなんとかしてくれ」

興奏が離れるに伴《ともな》い、再び目的を思い出した子慮は周囲をきょろきょろと見回す。まずいと思った時には、こちらへと猛然と走り寄るところだった。

「今度こそ逃がさねぇからな！」

「お前は、ここになにをしに来たんだ？　こんなところで油を売っていると、攫猿に逃げられるぞ」

　できるだけ真面目な顔つきで告げれば、我に返った子慮が慌てて頷いた。

「俺様としたことが、大事なことを忘れてたぜ！」

「ああ。早く持ち場に戻ったほうがいい。お前の手柄は、龍乎の手柄だ。頑張れよ」

「おう。お前もな！」

　ぽん、と背中を押してやれば、子慮は一目散に自分の持ち場へと走って行った。あっという間に小さくなった背中を眺め、仲望はやれやれと溜息をつく。

「あいつも、相変わらずだな」

「返す言葉もございません……」

がっくりと項垂《うなだ》れた文重だったが、気を取り直したように上司を追うべく走って行ってしまった。

　子慮は面倒な相手ではあるが、今は太子への忠誠をと仲望に求めてくる興奏のほうが厄介だ。これで諦めてくれればいいが、あの様子ではそうもいかなそうだ。どれほど言葉を重ねられても、自分の意思が変わることはないというのに。

「……それに、どうせ俺は兄上の代わりだろ」

　仲望の自嘲的な声を聞く者は、誰もいなかった。

――ここはどこだ。

花家の敷地内で、春蘭《しゅんらん》は途方に暮れていた。

警備兵の目を盗んで屋敷に忍び込んだまではよかったのだが、回廊を歩いているうちにすっかり迷ってしまったのだった。歩けど歩けど外に出られる様子はない。どれだけ広いんだ、と春蘭は小声で悪態をついた。

春蘭の目的は、翠蓮《すいれん》と玉翠《ぎょくすい》である。二人の匂いを白桃《はくとう》に辿らせようとするが、ここは翠蓮達が暮らしている場所。そこかしこに匂いが残っていて、居場所を特定できない。しかたなく、白桃は玉に戻していた。

「……無駄に広すぎる。これならば、屋根の上でじっとしているべきだったな」

いっそのこと、不審者と思われてもいいから家人に声をかけるべきか。翠蓮と玉翠に伝われば身元の保証をしてもらえるだろうし、家僕達の中には春蘭のことを覚えている者がいるかもしれない。

なぜこんな夜更けに、屋敷に忍び込んだのか問われることになるだろうが、それは二人が攫猿に狙われたと聞いて、いてもたってもいられなくなったのだと憐憫《れんびん》を誘うように主張すればいい。不本意だがこの形であれば、多少は大目に見てもらえるだろう。子供が夜、出歩くことについては叱られるかもしれないが。

「よし、そうしよう」

方針を転換した春蘭は、家人を探すように歩き出した。燭台一つない回廊は、暗闇に目が慣れても歩き辛いことこのうえない。手探りで進んでいると、遠くで人々の叫び声が聞こえた。怒号と、なにかが壊れる音。それが、じょじょに春蘭のいるほうへと近づいてくる。

「攫猿か？」

嫌な汗が掌に滲んだ時、不意に回廊の後方から話し声が聞こえた。

「……確認するだけ……姉様は……から」

「大人しくして……伯父様……っておっしゃられた……で……」

聞き覚えのある声音に、春蘭は思わず目を見開いた。そして、声のする方角に走り出す。回廊の角を曲がれば、奥にぼんやりとした燭台の灯りが見えた。

「翠蓮、玉翠！」

大声で名を呼べば、春蘭に気づいた姉妹が驚いたように目を見張った。二人は寝衣ではなく、日中と変わらぬ襦裙《じゅくん》を身にまとっていた。万が一のことを考え、逃げ易《やす》い衣裳《いしょう》のままでいたのだろう。

玉翠は驚いているだけだったが、さすがに翠蓮は春蘭がここにいる異様さに気づいたのか、わずかに疑うような眼差しを向ける。

「えっ、えっ、どうして春蘭がいるの？」

「そんなことはどうでもよい」

春蘭が近づこうとすると、玉翠の前に翠蓮が立った。

「お待ちください。春蘭がどうしてここに？　入口はすべて警備の兵で固められているはずです」

「さすがに、私がここにいるのは怪しいか」

「はい」

きっぱりと頷く翠蓮に、春蘭は苦笑した。当然の疑問ではあるが、今は悠長《ゆうちょう》に押し問答をしている暇はない。

「すまん。話はあとだ。さっさと房に戻るぞ。それに、そちらこそ警護はいなかったのか？」

咎めるように見上げれば、玉翠が拗ねたように唇を突き出した。

「だって、護衛の兵士が、様子を見てくるといったっきり戻って来ないから……」

「房から動くなと言われただろう」

「それは……でも、伯父様のことが心配で。だって、ご自分で指揮を執るだなんて言うから！　伯父様は文官なのよ。剣も持たれたこともないのに」

「だからといって、様子を見に来るものではない。狙われているのは、お主らなのだぞ」

春蘭は未だに警戒の色を宿す翠蓮と、不貞腐《ふてくさ》れ気味の玉翠をいかにして部屋に連れ帰るか頭を悩ませた。いっそのこと、白桃を出して強引に二人を運ぶべきか。

「なんでもよいから、人のいる場所に――」

言い終えるより先に、春蘭は全身の毛が逆立つような感覚に襲われた。

――この感じは覚えがある。

「白桃！」

悲鳴のように叫べば、玉から真白い虎が顕現する。玉翠と翠蓮が息を呑むと同時に、天井から黒い塊が落ちてきた。

見上げなければならないほどの巨軀に、それぞれが丸太のように太い四肢。全身を覆う黒い体毛は、一本一本がまるで針金のようだ。燭台の灯りに照らされた様は、まさに〝化け物〟と呼ぶに相応しい姿である。

攫猿は周囲を確認するように見回し、春蘭達に目を留めた。鋭い牙を見せつけるように口を開け、ひときわ大きな咆哮をあげる。

姉妹の手を強く握り締めた春蘭は、攫猿を睨みつけた。

「足止めをしろ、白桃！」

幼い声が飛ばす指示に高々と跳躍した白桃は、回廊の天井をひと蹴りし、くるりと体を捻ると攫猿の背に飛びつく。そして、鋭い牙をその肩に深々と突き刺した。

「ガアアアァァァ！」

攫猿が痛みに叫ぶ。

大虎を振り落とそうと必死に体をひねるが、白桃は牙だけでなく前脚の爪も肉を抉《えぐ》るように突き刺している。

「逃げるぞ！」

春蘭は恐怖に硬直する二人の手を引き、走った。白桃が足止めする間に、護衛の兵士達と合流せねばならない。

「翠蓮、中庭はどっちだ！」

「こ、こちらです！」

最初に屋根の上から見た時、兵士達は中庭に集められていた。屋敷の奥へと向かうよりも、兵士達が集まっている場所に向かったほうがいい。

春蘭は走りながら考える。

白桃は大抵の妖《あやかし》と対等に戦える神獣だが、相手が攫猿ではさすがに足止めするのが精一杯だ。少なくとも、洪《こう》釆《わ》との戦闘を見る限りでは、白桃は攫猿に劣る。そのうち、怪我を負って玉に戻るだろう。それまでに兵と合流しなければならない。

「あっ！」

翠蓮と繋いでいた手が離れた。慌てて足を止めれば、翠蓮は回廊に蹲っている。

「どうした」

「あ、足が……」

「捻ったか？」

涙目で頷く翠蓮に、春蘭は小さく舌打ちした。この体では、翠蓮を背負っては行けない。それはおそらく、玉翠も同じだろう。

「玉翠。ぬしは先に行け」

「嫌よ、姉様を置いていけないわ！」

「違う。助けを呼んで来てほしいのだ。私は中庭への順路がわからぬ」

涙を零しながら唇を噛み締めた玉翠に、春蘭は笑みを向けた。

「心配するな。翠蓮は私が守る」

「わかった。すぐ戻るから！」

意を決したように頷いた玉翠は、襦裙の裾をたくしあげると猛然とした勢いで回廊を走り去る。およそ、淑女の姿ではない。その背を複雑な気持ちで見送った春蘭は、翠蓮に向き直った。

「すまん。玉翠の安全を優先した」

「いいえ……。むしろ、お礼を言わねばなりませんわ。あの子は、私がいくら逃げろと言ったところで承知しなかったでしょう」

「だろうな」

「春蘭も私には構わずに逃げてください。少しならば、刻《とき》も稼げましょう」

気丈に微笑む翠蓮に対し、春蘭は今一度「すまない」と告げた。

「私は死ぬことはできぬ。守らねばならぬ者達がいるのだ。だから、いざという時はぬしを見捨てる」

きっぱりと言い切れば、翠蓮は驚いたように目を見張った。自分から提案したものの、春蘭の口から「見捨てる」とはっきりした言葉を聞くとは思わなかったのだろう。

「――だが、今はその時ではない」

「え？」

「立て、翠蓮。行くぞ」

支えるようにして歩きだせば、翠蓮の双眸《そうぼう》から涙が溢《あふ》れた。いくら気丈な娘とはいえ、まだ十五。やはり見捨てられるのは辛かったのだろう。

「……先ほどは疑ってごめんなさい」

「よい。私に寄りかかれ。少しでも距離を稼ぐぞ」

「はいっ」

回廊を曲がるが、通路は続いており庭へと出られそうにはない。翠蓮は春蘭に体重をかけながら、苦しげに肩を上下させていた。春蘭自身も両膝に負った怪我が痛みを訴えはじめており、気を抜くと床に座り込んでしまいそうだった。このまま歩き続けても、いずれ攫猿に追いつかれてしまうだろう。ならば――。

「翠蓮、この辺りで身を隠せるような房はないか？」

「家人達の部屋があります」

「案内してくれ」

回廊が途切れたところにある房室に入った春蘭は、室内を見回した。寝台が左右に二つずつあり、正面の壁に衣裳をしまう大きな箪笥《たんす》が置かれていた。

「翠蓮、急いで襦裙を脱げ」

「え、どうして……？」

「説明している暇はない。全部と言いたいところだが、私が持てなくなるからな」

困惑しながら翠蓮は、それでも春蘭の指示に従い襦裙の上衣と、腰裙を脱ぐ。春蘭は念のために翠蓮の髪を包む布と簪《かんざし》も取り払った。

「……追剝《おいはぎ》のようだな」と、苦笑しつつ翠蓮を寝台に押し込めると上から家人の袍を大量に被《かぶ》せる。

「攫猿は獣の性《さが》を持つ妖。おそらく、ぬしらの匂いを辿ってくるはずだ。これで、翠蓮の匂いはわからなくなった。動かずにいれば気づかれることはないだろう」

「えっ、でも春蘭、あなたは……？」

「私一人ならばどうとでもなる。ぬしは誰かが来るまで、声を出さずにじっとしておるのだぞ」

それだけを告げると、春蘭は翠蓮が身に纏っていたものを大急ぎで両手で抱え、房室から飛び出した。制止する翠蓮の声が聞こえたが、かまってはいられない。翠蓮を寝台に押し込めていた時、白桃の玉が光ったのだ。そして、中に戻る感覚。大きな傷を負ってしまったのだろう。

「……私は愚かだな」

春蘭は、死ぬことを許されない。邑《むら》に戻るため、なにを犠牲にしても生き延びて真名《まな》を取り戻さなければならなかった。

だが、翠蓮を見捨てることができなかった。

〝助けて〟と、翠蓮の目は物語っていた。

願われたら、乞われたら、春蘭はそれがたとえ守護すべき民以外であっても、守らずにはいられない。守り神としての性か、と春蘭は苦笑する。人に戻った今でも、その精神は心に深く根づいているらしい。

「それに、だ。死ななければよいの、だ！」

春蘭は手に持っていた物を、一つずつ回廊に投げ捨てはじめた。攫猿に春蘭の後を追わせるためには、匂いの目印となるものを点々と落として行ったほうがいい。まずは重い腰裙を、次に上衣を、腰紐を、と一定の間隔を空けて投げ捨て、最後は細かな銀細工が施された簪だけを持って必死に走った。

そして、回廊の先、ようやく中庭と思しき光景が見える場所にまで辿り着いた。あと少しで外だ、と思った瞬間、背後から凄《すさ》まじい圧迫を感じた。

「見つかったか」

春蘭は振り返らず一心に足を動かす。攫猿の位置を確認したところで意味はない。ならば、ひたすら走り続けたほうがいい。

だが、あとわずかというところで、春蘭の足がもつれた。

勢いを殺し切れず、飛ぶようにして床に激突する。握っていた簪が春蘭の手を離れ、回廊の床を回転しながら滑っていく。

駄目か、と感じた時だった。

背後から迫っていた圧迫感が、春蘭の頭上を飛び越えた。

「――は？」

攫猿は春蘭に見向きもせず、床を滑る簪を追いかける。壁にぶつかって停止したそれを拾いあげ、食い入るように見つめた。

なぜ、簪を、と春蘭は訝しむ。

しかし、謎を解いている余裕はなかった。逃げるなら、今しかない。中庭に出るには、攫猿の脇を通り抜ける必要があった。手のひらを握り締め、うつ伏せの体勢でゆっくりと進む。

あと少し、もう少し。

外に面する回廊に出ると、無意識に安堵の息が漏れた。そのまま立ちあがって逃げようとした時、攫猿の首だけがこちらを向いた。

「くそっ！」

舌打ちを堪え、春蘭はすぐに上体を起こした。だが全速力で走った反動か、両足に力が入らずその場に崩れ落ちてしまう。低い唸り声をあげた攫猿が、春蘭に飛び掛かろうと跳躍する。

しかし、それよりもわずかに早く、春蘭の耳元を、空を切るような鋭い音が走った。

「ガァアアアア！」

恐ろしいほどの咆吼。確認すれば、攫猿の右目には一本の矢が突き刺さっていた。

春蘭はその隙を逃さなかった。力の入らない両足を叱咤《しった》し、気力を振り絞って回廊を駆ける。振り向けば、右目に刺さった矢を引き抜いた攫猿と目があった。憎悪に塗れた目が、春蘭を視界に捕らえる。

「春蘭！」

聞き覚えのある声に、春蘭は迷わずに回廊から中庭へと飛び降りた。宙に浮いた体は、地面に叩きつけられるぎりぎりのところで、横から伸びた手によって抱き留められる。見上げる先には、普段のぼんやりとした様からは想像できない、引き締まった表情の仲望の顔があった。

「攫猿が」

「わかってる」

春蘭を抱え直した仲望は、二、三歩後退する。代わりに前に出たのは、大刀《だいとう》を構えた子慮である。

「俺様がぶった斬ってやるよ、化け物め！」

渾身《こんしん》の力で突き出された大刀の切っ先は、こちらへと向かって跳躍した攫猿の左腕を切断した。大量の血が噴き出し、攫猿の絶叫が夜空を震わせる。

「ふはははははっ。恐れ入ったかっ！」

やがて、攫猿の声を聞きつけた警備兵が、一人また一人と集まってきた。退路を断たれた攫猿は、血走った眼差しでぐるりと周囲を見回す。

そして、ある一点で目を留めた。

視線の先には、警備兵に守られた玉翠の姿。

「逃げろ！」

春蘭が叫ぶと同時に、攫猿も動いた。兵を薙ぎ倒し、玉翠に向かって真《ま》っ直《す》ぐ突き進む。

少女を守ろうと駆け寄る兵士より先に、攫猿の手が玉翠の体を攫った。

「きゃあああ！」

悲鳴が中庭に木霊《こだま》する。攫猿は周囲に対して、玉翠を見せつけるように掲げた。まるで、手を出せば殺すと脅しているようだ。いや、実際そのつもりなのだろう。攫猿の知能は妖の中でも高い。言葉を話せはしないが、人語を解することは可能だった。だからこそ、今まで捕まることなく逃げ切れていたのだ。

攫猿が威嚇する度、兵士達は後じさる。大刀を構えた子慮も、攻めあぐねている様子だった。

攫猿は玉翠を懐に抱え込むと、一瞬で瓦の上に飛び乗った。中には弓に矢を番《つが》える兵もいるが、玉翠に当たることを恐れ射ることはできない。誰もが手を出せずにいる中、攫猿は真っ赤な口内を見せ、嘲《あざけ》るように嗤《わら》うと暗闇に姿を没した。

「くそっ、文重。行くぞ！」

「子慮、どうするのだ？」

「攫猿を追うに決まってんだろ。龍平の兵を近くに展開してあんだよ！」

そう告げるなり、子慮は一目散に走り去って行った。その後を、文重が「隊長、出口が反対です！」と叫びながら追いかける。

「仲望、我々も向かうぞ」

「駄目だ」

「なぜだ！」

「夜間の外出には許可がいる」

春蘭は唖然とした。普通ならば馬を準備して早々に攫猿を追うであろう警備兵達も、悔しげに夜空を見上げるだけで、誰も準備にかかろうとはしなかった。

「そんな……。白桃を使えば、攫猿の血の匂いを追えるのだぞ！」

「どんな理由があったとしても、私兵を許可なく屋敷の外に出せば、謀反扱いになる。花中書令は処罰を免れないよ」

「ならば、私だけでも行く。龍乎に協力すれば――」

「龍乎に不審人物と、目をつけられてしまっても？」

「それは」

春蘭は言葉に窮した。己の中の、優先順位がぐらつく。玉翠を助けたいが、その結果、春蘭自身が不審人物として拘束されてしまったら本末転倒だ。それでは、真名を取り戻すどころではなくなってしまう。

だからといって、白桃だけでは攫猿には勝てない。春蘭は唇を嚙み締めた。玉翠の命は風前の灯火《ともしび》のようなもの。人質としての価値がなくなったと判断された瞬間、その命は終わる。怪我を負って気が立っている攫猿が、玉翠を解放するだけで済ませるとは思えない。報復として、それは無残な遺体が残されるだろう。

「……それでも。それでも、私は行かねばならぬ」

「まったく」

仲望が肩をすくめながら、春蘭の頭を撫でた。そして、通りかかった兵に「馬の準備を頼む」と告げる。

「龍乎に交ぜてもらおう。文重と口裏あわせをして、義勇兵として参加したとでも言えば咎められんさ」

「……よいのか？」

「しかたない、乗りかかった船だ。ここで見捨てたら、楊秀もうるさいしな」

「恩に着る」

すると、春蘭の視界に、袍をまとった翠蓮の姿が映った。その脇には、右肩に怪我を負った初老の男性の姿もある。

「春蘭！」

よかった、無事だったのね、と翠蓮は瞳を潤ませる。

「落ち着いて聞け。玉翠が攫猿に攫われた」

「……知っています」

翠蓮は血の気の失せた顔で、きゅっと唇を引き結んだ。気丈に振る舞う様子は、だがしかし、痛々しさを感じさせた。

「今、龍乎の兵が迫っている。私も仲望とともに向かうつもりだ」

「春蘭も……？」

「大きなことは言えぬ。だが、ぬしは玉翠の無事を祈って待っていてくれ」

唇を引き結んだ翠蓮の双眸から、大粒の涙が零れ落ちた。それは幾筋にもなって、頬を伝う。

「玉翠は私のたった一人の妹。どうか、どうか――」

「わかっておる」

伯父に引き取られたとはいえ、両親を失ってから互いに支えあって生きてきたのだろう。膝をつき、嗚咽《おえつ》を堪える翠蓮を、春蘭はできるだけ優しく抱き締めた。そこでふと、脳裏に先ほどの光景がよぎる。

「すまぬが、翠蓮。ぬしの簪はどこで買ったものだ？」

「簪？」

涙声で応じる翠蓮は、なにを問われているのかわからない様子だった。しかし、なぜか攫猿は、翠蓮の簪に異常なまでの執着をもっていた。

「そうだ。ぬしが髪に挿していた、銀の簪だ」

「あれは……」

必死になって思い出そうと眉を顰《ひそ》めた翠蓮の代わりに答えたのは、右肩に怪我を負った初老の男性だった。

「さる方から頂いたものだ。翠蓮にちょうどよいと思い与えた」

この男は誰だと翠蓮に眼差しを向ければ、「伯父ですわ」と答えが返ってきた。

「花家の当主殿か」

「いかにも」

「私は李《り》春蘭。鄭家の客だ」

「花《か》興奏だ。翠蓮から話は聞いた。命を賭して姪達を救ってくれたことに感謝する」

深々と拱手《きょうしゅ》され、相手が相手なだけに普通の者ならば慌てるところだが、春蘭は鷹揚《おうよう》に頷いただけだった。

「その怪我では動くこともままならぬだろう。手当したらどうなのだ？」

攫猿の爪に抉られたらしい興奏の右肩は、未だ血を滲ませている。家人達が顔を真っ青にして手当しようとするが、興奏はそれを撥《は》ね除《の》けていた。

「不要だ。禁軍へ、至急の文を出した。私はこのまま玉翠を待つ」

「死んでしまったらどうするつもりだ。お主らもおろおろしていないで、取り押さえてでも手当してしまえ」

春蘭の言葉に後押しされたのか、興奏はあっという間に家人達に取り押さえられ、問答無用とばかりに奥へと連れ去られてしまった。

「春蘭。どうか、無茶はされませんよう」

「善処する」

春蘭は家人達に翠蓮を預けると、待っていた仲望に抱え上げられ門前へと向かった。そこには轡《くつわ》をつけられた一頭の馬が用意されていた。警備兵の介助を受け、仲望が馬上の人となる。その仲望にひょいと持ちあげられ、春蘭も引き上げられた。

「これを」

渡されたのは、松明《たいまつ》である。馬は火に慣らされているようで、畏れる素振りは見せなかった。それを受け取った仲望は、馬の腹を蹴った。

「白桃」と春蘭が呼べば、馬に併走するように大虎があらわれた。一瞬、馬がのけぞるような素振りを見せるが、それを仲望が上手い具合にいなす。

「攫猿を追え！」

「バウッ！」

白桃が先頭に立ち、鼻をひくつかせる。

夜空に漂う、わずかな匂いの残滓《ざんし》。

なにかを見つけたように、白桃は猛然と走りだした。

「待っていろ、玉翠」

第九章

玉翠《ぎょくすい》はできる限り息を殺し、打ち捨てられた屋敷——その房の隅で震える体を丸めていた。暗闇の中。入口付近に陣取った大きな影が蠢《うごめ》く。攫猿《かくえん》が体中に負った傷を丹念に舐めているのだ。切断された腕から流れ出ていた血も、今は止まっている。そのまま死んでくれたらと期待したが、弱った素振りさえ見せない。

連れて来られた屋敷は、まるで盗賊が押し入ったあとのような有様だった。屋敷の広さや造りから、貴族や高官の住《す》み処《か》であった場所かもしれないと、玉翠は推測した。人が住んでいるような気配はなく、打ち捨てられてからかなりの年月が経っているようだ。大声で助けを求めたところで、声の届く範囲に人がいるとは思えなかった。

玉翠は震える手をぎゅっと握り締め、目だけを動かして房内を見渡した。辺りには調度品の一つもなく、武器になりそうな物もない。すべて持ち去られてしまったあとのようだ。

——姉様は無事だろうか。

春蘭《しゅんらん》の姿は見たが、その傍らに姉の姿はなかった。なぜ、どうして、という言葉がのどまででかかったのを覚えている。でも、春蘭は翠蓮《すいれん》を守ると言ってくれた。ならばきっと姉は無事なのだと、玉翠は自分に言い聞かせた。

それに、春蘭が翠蓮を見捨てたのだとしても、自分に責める権利はない。

助けを呼んで来ると言ったのに、戻ることはできなかった。二人を助けて、と頼んだのに、誰もが屋内という狭い場所での交戦は危険だと言った。ならばと自分一人で屋敷に戻ろうとしても、それを阻まれ、見ていることしかできなかった。

攫猿に捕らわれた時も同じだ。逃げればよかったのに、恐怖のあまり両足がすくんで動けなかった。気づいたら攫猿に捕らわれていて、そのせいで、誰も攫猿に攻撃を仕掛けることができなくなってしまった。

攫猿に殺されたという子女達のことが頭をよぎった。このままでは、きっと自分も遠からず同じ目に遭う。

――死にたくない。

玉翠の頬を涙が伝う。必死で嗚咽を殺して、体をより小さく丸める。攫猿は傷を一通り舐め終えたあと、なぜか自分の右手に視線を注いでいた。食い入るように、なにかを凝視している。

玉翠のいる場所からは、攫猿の手元がよく見えない。そもそも灯りのない部屋なのだ、たとえ見えても、そこになにがあるのかまではわからなかっただろう。ただ、その視線が哀《あい》愁《しゅう》を帯びているように感じられた。

不意に、攫猿が顔をあげた。攫猿から視線を離さなかった玉翠は、反射的に体を揺らした。

穴の空いた天井からは、雲に覆われた空が垣間見える。その穴を凝視していた攫猿は、鼻をひくつかせたかと思うと、低い唸り声をあげた。

いよいよ殺されてしまうのではないか。込みあげてくる恐怖に震えていると、玉翠は毛深い腕に抱えあげられ、気づいた時には屋根の上にいた。

攫猿は夜空に向け、轟音のような咆吼を響かせる。同時に、腕に抱えていた玉翠の体を見せつけるように掲げた。なにもない宙に、己の足がぶらぶらと揺れる。

玉翠が悲鳴をあげようとした時、凜とした声が耳朶に響いた。

「——玉翠を離せ、愚か者めが」

攫猿に抱えられた玉翠はたくさん泣いたのだろう、涙で顔をぐしゃぐしゃにし、救いを求めて春蘭を見ていた。

「待っていろ」と、春蘭は呟く。

攫猿が潜んでいたのは、無人の屋敷だった。家主が手放したあと、買い手がつかなかったのだろう、とは仲望《ちゅうぼう》の言だ。

屋敷の周囲には、龍乎《りゅうこ》が包囲網を敷いている。白桃《はくとう》の探索によって攫猿の居場所を突き止めた春蘭は、仲望に諮《はか》り龍乎の兵を呼んだ。子慮《しりょ》が指揮を執っているお陰で、さほど疑われることもなく、また、無風ということもあり、鼻の効く攫猿も包囲に気づかなかったようだ。

龍平の兵達が持つ松明に、攫猿の巨体が照らしだされる。玉翠を人質に周囲を見回す大猿は、必死で逃げ道を探しているようだった。どれほど人が密集していようが、普段の攫猿ならば蹴散らすだけで事足りた。しかし、左腕を失くした今、唯一の武器である右腕は玉翠によって塞がれている。

攫猿にできるのは、人質を盾にすることだけ。

春蘭は攫猿から少し距離を空けた屋根の上に立っていた。その隣には、仲望の姿もある。いざとなれば白桃を出す心積もりだが、その姿を龍平に見られるのはまずい。まずいが、いざとなれば知らぬ存ぜぬで切り抜けよう、と腹を括《くく》る。

「仲望、頼んだぞ」

「はいはい」

空を裂くように、兵士達の放った矢が攫猿を襲う。わざと狙いを逸らした矢が、四方に飛んだ。それに意識を取られた攫猿は、視界を失った右側から接近する子慮の存在に気づくのが遅れた。

言葉もなく、大刀が攫猿の右腕に振り下ろされる。攫猿は、とっさに玉翠を手放すことでそれを避けた。

玉翠の細い体が宙を舞う。それを受け止めようとした子慮だったが、不幸なことに踏みしめていた屋根が抜けた。伸ばされた手が空を切る。

「白桃！」

春蘭は叫んだ。白桃は姿をあらわすと同時に、落下する玉翠目掛けて跳躍する。その体が地面に激突する寸前、白桃は腰紐に牙を引っかける。そして、玉翠を銜《くわ》えたまま重さを感じさせぬ動きで春蘭の許へと戻ってきた。

瞬く間の出来事に思考が追いつかないのだろう。茫然とした様子の玉翠は、春蘭の顔を見てはっと我に返ったようだった。

「よく頑張ったな」

「あ、あ、あああっ」

「翠蓮も伯父上殿も無事だ。もう少し待っていろ。すぐに屋敷に戻してやる」

春蘭は玉翠の背を撫でながら、追いつめられる玃猿から視線を離さなかった。

人質がいなくなったことで、弓兵の矢が容赦なく玃猿を襲う。そうこうしている内に、再び子慮が屋根に登った。その後から、一人、また一人と腕に覚えのある兵士達も参戦していく。

玃猿は明らかに窮地に追い込まれつつあった。その巨体に、少しずつ刀傷が増えていく。決定的な一撃を与えるまでにはいかないが、それでも勝敗は明らかのように思えた。子慮は普段の短気な性格とは裏腹に、けっして焦ることはせず、玃猿から確実に体力を奪っていく。

誰もが――春蘭でさえ、玃猿の終焉《しゅうえん》を疑わなかった。

だが、それは突然あらわれた覆面の男によって覆された。

どこからともなく屋根にあらわれた男は、槍を携《たずさ》えていた。男は玃猿ではなく、子慮に槍の切っ先を向ける。繰りだされる鋭い突きに、子慮は男と攫猿から距離を取らざるを得ない。

そして、その隙を逃す攫猿ではなかった。片腕とは思えない素早さで屋根から飛び降りると、体当たりするように包囲網の一端を崩し、そのまま逃走に移った。これまでのように屋根を使えば、弓矢の餌食《えじき》になると考えたのだろう。

攫猿はそのまま通りを疾駆《しっく》する。龍平の兵が馬に跨がり、攫猿を追う姿が春蘭の視界に映った。

「あと少しだったな」

仲望が溜息をついて、弓矢を引く手を戻した。作戦では、攫猿の体力を奪った状態で仲望がもう片方の目を狙い、子慮がとどめを刺すという手筈《てはず》だった。あと少し覆面の男の登場が遅ければ、攫猿は討ち取られていたに違いない。

春蘭は玉翠を仲望に預け、屋上の交戦に目を戻した。

覆面の男は子慮と刃を交わしていた。大刀と槍の穂先がぶつかりあい、激しい火花を散らす。覆面の男の全身からは、淡い光が立ち上っていた。闇が濃いぶん、離れていてもはっきりと見ることができる。あれは、気術だ。それを駆使しているため、さすがの子慮も押され気味であった。

だが、ここで思わぬ助けが入った。玉翠が攫われたという一報を受けた楊秀《ようしゅう》が、単騎で駆けつけてきたのだ。形勢は逆転。覆面の男は、二人の猛攻に遭い防戦を強いられる展開となった。

「ううむ……。さて、どうしたものか」

　子慮達と交戦中の男を春蘭は知っていた。槍を遣い、気術《きじゅつ》を駆使する細身の青年。あれは間違いなく、毒入りの肉饅頭を土産にくれた洪釆《こうわ》だろう。

「春蘭、どうしたの？」

「いや、こちらの話だ……ん、玉翠？　その手に持っておる物はなんだ？」

「え？」

　玉翠が右手で握り締めていたのは、安物と思しき首飾りだった。小指の爪よりも小さな赤い石。それが細い紐で繋がれていた。

「攫猿の腕に巻いていたものを、たまたま摑んだみたい。……そうだ。攫猿はこれを見ていたんだわ」

　明らかに女物と思える首飾りを、なぜ攫猿が腕につけていたのだろうか。それを受け取った春蘭は、目の前に翳した。簪は見るからに高価な代物だったが、これは素人の手作りのようにも見える。

「ふむ」

　攫猿が装飾品を好むという話は聞いたことがない。しかし、なぜか簪を食い入るように見つめていた攫猿の姿が、春蘭の心に引っかかった。

「うおっ」

一際、大きな音が響いたかと思うと、楊秀と対峙していた覆面の男が、轟音を立てて春蘭達のすぐ脇に投げ飛ばされてきた。

「くそっ、んだあの馬鹿力っ」

悪態をつく声は、やはり聞き覚えのあるものだった。ここは知らない振りをしたほうが賢明か、と春蘭がなにも言わずにいると、白桃と仲望が男との間に体を滑り込ませてきた。

「うおっ、なんで屋根に人と虎が……って、お嬢ちゃんなんで生きてんの？　もしかして、毒が効かない体質だったりすんのか。あんた、本当に人間？」

「この大馬鹿者が」

せっかく知らぬ振りをしようと思ったのに、これでは水の泡だ。冷めた視線で睨めば、洪采はやってしまったとばかりに天を仰いだ。そして、覆面の下でへらりと笑う。

「あー、すまん。いや、さすがの俺も仰天してさ」

「謝罪されても不愉快だ」

「いや、まあ。それもあるけど、な？」

「にやにやするな」

自分で殺そうとしておきながら、生きていることを喜ぶような洪采の声は、純粋に弾んでいた。あれは本意ではなかったということか、と春蘭は納得した。洪采の背後で、指示を出している人物がいるようだ。

「でも結局、殺さなきゃなんないんだわ」

「そう易々と殺されてやるつもりはない」

「だよなー、って——え？」

洪采の目が、春蘭の手を凝視した。食い入るように見つめる先には、攫猿が身につけていた首飾り。

「それを、どこで？」

「攫猿が身につけていたものだ。見覚えがあるのか？」

「……梁華」

呟かれたのは、女性の名だった。愕然とする洪采だったが、はっとした表情で槍を構え直す。屋根伝いに辿り着いた楊秀が、偃月刀《えんげつとう》を振りかぶる。それを槍の柄で受け止めた洪采には、なぜか先ほどまでの俊敏さが見られなかった。

防戦に徹する洪采は、両足に気を移動させるなり後退するように高々と跳躍した。追い縋ろうとする楊秀の足許目掛け、匕首《あいくち》を投擲《とうてき》する。

反射的に動きを止めた楊秀は、一瞬の間に開いてしまった距離に舌打ちした。今から追っても洪采を捕らえることはできないと、冷静に判断を下したようだ。

春蘭は首飾りを見つめた。

「わからぬな……」

呟くと同時に、ぽつり、ぽつりと水滴が頬を濡らす。夜空を見上げれば、糸を引くようにして雨が降りはじめた。

「天は攫猿に味方したらしい」

雨によって血の匂いは洗い流され、白桃ですら追跡は不可能となるだろう。玉翠を助けられただけでも幸いか、と思い直した春蘭だったが、自分を見つめる楊秀の冷ややかな眼差しに気づき、思わず体を硬直させた。

「……ひ、人違いだ」

「なぜ猩猩《しょうじょう》緋《ひ》と顔見知りなのか、なぜこの場にいるのか……。訊きたいことはたくさんあるが、話は屋敷に戻ってからじっくりと聞くことにしよう」

「ううむ」

これは洗《あら》い浚《ざら》い吐かされることになりそうだと、春蘭は嘆息したのだった。

隠れ家へと続く隠し通路。人一人がやっと通れるほどの隙間を、洪采は急《せ》かされるように走る。

春蘭が手にしていた首飾り。

あれは、自分が彼女に贈ったものだ。安物の石を綺麗な紐に結わえただけの、首飾りと呼ぶには簡素すぎるそれ。嬉しいと喜んでくれた彼女は、常にその首飾りを身につけていてくれた。遠く離れていても、傍にいられるように、と。

なぜ、それを攫猿が持っていたのか。

「兎天《うてん》殿！」

広間を通り抜け、その奥にある房室の扉を開けると、小部屋の隅で机に向かう兎天の姿があった。書面をしたためている途中であったのか、手には筆を持っている。寝台は乱れた形跡もなく、夜通し起きていたのだと推測された。

「洪采。その通路は、緊急時のみの使用に限ると言ったでしょう。好き勝手に使うものではありませんよ」

顔を向けることなく兎天は答える。荒い息を整えるのももどかしく、洪采は感情のままに言葉を吐き出す。

「どういうことだ」

「なにが、です？」

「攫猿だ。梁華《りょうか》の首飾りを持っていた」

「…………」

沈黙が答えとなった。洪采は兎天に詰め寄り、胸座《むなぐら》を摑みあげる。

「なにを隠している？」

「……なにも」

「ならば、なぜ、本山にいるはずの梁華の首飾りを、攫猿が持っているんだ！」

兎天は洪采の手を摑み、自分の胸座より離す。その抵抗を赦《ゆる》さぬ力に、洪采は歯軋《はぎし》りした。

猩猩緋において、一、二を争う実力の持ち主である洪采ですら、兎天には敵う気がしない。

「……紅主《こうしゅ》は知っているのか？」

「もちろんです。すべての命は紅主より出ているのですから」

「ならば、あの方は梁華が攫猿に攫われたと知っていたのか。知りつつも、俺に秘していたのか？」

やはり、兎天はなにも答えなかった。言わなくても、その理由はわかるだろうというように。洪釆は唇を嚙み締める。

「梁華を切り捨てたか」

「当時、彼女の捜索に人を回す余裕はありませんでした」

確かに相手が攫猿ともなれば、捜索する人手も一人や二人では済まないだろう。多人数を動かせば、役人の目にもつきやすくなる。また、妖《あやかし》と互角以上に戦える者など、数えるくらいしかいなかった。

「なぜ俺に教えてくれなかった。俺一人ならば、いくら動いたところで誰にも悟られなかったはずだ」

「あなたは任務中でした。それを蹴ることは許されなかった」

猩猩緋の中でも数少ない気術士である洪釆は、重要な仕事を任されることが多かった。もしも梁華のことを聞かされれば、任務を放り出してでも駆けつけただろう。任務と女の命を天秤《てんびん》にかけ、紅主は前者に重きを置いた。

「すべては世のためです」

「大事の前の小事ということか。だが……」

洪采は言葉を切った。正確には、続ける言葉が見当たらなかった。

大局を見れば、紅主と兎天の判断は正しい。

小事のせいで、大事を失敗したのでは意味がない。しかし、それを上回るほどの怒りが洪采を苦しめる。最後に見た、梁華の悲しげな笑みが脳裏をよぎった。

「命令です。攫猿を殺しなさい」

「……なぜ？」

頑ななまでに攫猿を捕らえろと言っていた兎天。それが、なぜここにきて方針を変えることとなったのか。洪采は訝しげに鬼面の相手を見やる。

「命令です」

「理由があるだろう」

「あなたが知る必要はありません」

洪采は舌打ちした。兎天からの命令は、いつもこうだ。目的は知らされず、ただ命令だけが下される。

「わかった。だが、なぜ紅主は攫猿を追っている？　放っておけば、禁軍の兵でも龍平でも、勝手に殺してくれるだろう」

「それは」

兎天は洪采を一瞥したあと、珍しく迷うように言い淀《よど》んだ。燭台の灯りが、鬼面に深い影を落とす。

「いえ……そうですね。あなたには、知る権利がある」

兎天は洪采の耳に顔を寄せた。この場には二人しかいないにもかかわらず、誰かに聞かれることを怖れるかのように。

「攫猿は――」

予想もしていなかった言葉に、洪采は顔を歪めた。

「嘘だ！」

「それが、攫猿を捕らえる理由です。もっとも、捕縛が困難になった以上、殺すしかありません。次は私も同行しましょう」

それだけを告げると、兎天はまた机へと向かった。洪采はなにも言えず、ふらつく足取りで房室を出る。広間に出た瞬間、洪采は音もなくその場に崩れ落ちた。

「梁華……」

涙が頬を伝う。

梁華と二人、猩猩緋に身を投じたのは、生きて行くためだった。それが、いつか紅主を助けたいという気持ちに変わった。気術兵の適性があることを知り、躊躇うことなくその手術を受けた。

危険な任務に赴く洪采を、梁華はいつも不安そうに見送ってくれた。挫《くじ》けそうになった時も、帰りを待つ彼女のことを思えば、不思議と気力が湧いてきた。

たった二人だけの――。

「梁華」

呟きは泡の如く闇へと消える。それでもなお、洪采は愛しき者の名を口にせずにはいられなかった。

　春蘭はお椀に残っていた最後の一口を咀嚼《そしゃく》し、白湯で口内をすすぐように飲み干した。そして、ぎしぎしと悲鳴をあげる体に鞭を打ち、食器を片づける。指を一本、動かすだけで全身に引き攣《つ》るように痛みが走った。三日前の怪我が可愛いものだと思えるくらいの筋肉痛である。

「おい、春蘭」

　はじめて名を呼んだ啓璋《けいしょう》は、ぶっきらぼうな口調で告げた。

「旦那様のこと。礼を言う」

「礼を言う態度ではないな」

「う、うるせぇ！」

　厨房で啓璋が騒いでいると、薪割りを終えた友寧《ゆうねい》が顔を出した。そして、春蘭を見ると恥ずかしそうに頬を赤らめる。

「あの、春蘭。昨夜はごめんね。それと、ありがとう」

どこか吹っ切れたような友寧に、春蘭も笑みを返した。

「でも、食い扶持とは関係ねぇからな。怪我が治ったら、ちゃんと稼いで来いよ」

「啓璋ったら、どうしてそんな意地悪言うの。春蘭なんて、僕らの半分も食べないじゃないか」

「そういう約束だろうが！」

ああだこうだと言い争う二人を横目で見やり、春蘭はよたよたとした足取りで厨房をあとにした。

体調がよくないという理由で、もうひと眠りしようと目論んでいた春蘭だったが、それは待ちかまえていた楊秀によって阻まれてしまった。その隣には、眠たそうに欠伸をする仲望の姿もあった。

「知っていることは全部話した。もうなにもないぞ」

楊秀と仲望の後をつけたこと。そして、その際に攫猿に襲われ、郭《かく》洪采という青年に助けられたこと。むろん毒殺されそうになった件も、包み隠さず話すはめになった。洪采が余計なことを言わなければ、と春蘭は臍《ほぞ》を噛む。

さらに、尋問は白桃のことにまでおよび、春蘭は自身の事情まで語らざるを得なかった。嘘偽りなく語ったにもかかわらず、楊秀はなにを曲解したのか、たまたま神獣を持つに至った、少しばかり無謀な仲望の嫁として納得した。いい加減、嫁から離れてはくれないだろうか。

鄭玄楽《ていげんらく》の生存については、遺体は見つかっていないため、あいつならば生きていたとしても不思議ではない、の一言で終わってしまった。

「生きていると名乗りを上げないのは、死んだままにしておきたかったのだろう」と、楊秀は言った。それ以上、玄楽のことに対して言及することはなく、春蘭が求めるような情報はなにも得られなかった。

もっとも、春蘭が守り神だということは、どれほど言葉を尽くしても信じようとはしなかったが。終《しま》いにはおかしなことを言うなと、説教されてしまったほどだ。助けを求めるように仲望を見ても、わざとらしく視線を逸らされてしまい、結局、春蘭は楊秀の小言に頭が船を漕《こ》ぎはじめるまでつきあわされることとなったのだった。

しかし、わかったことが一つある。

おそらく洪采は、楊秀が合間に語った、猩猩緋と呼ばれる義賊だ。猩猩緋が攫猿を捕縛するために動いていたこと。素顔を見た春蘭を、口封じのために殺害しようとしたことから推測するに、その可能性は高いだろう。

「なに、怪我の具合はどうかと思ってな」

「全身が痛い」

中庭に面した回廊に三人で座り、春蘭は楊秀の問いかけに頷いた。

「ところで、攫猿はどうだった？」

「途中で見失ってしまったらしい。雨に降られたことが決め手だったな。松明の灯りなしでの捜索は自殺行為だ。今は華安《かあん》内の廃屋を中心に龍平が捜索している」

「攫猿は、なにを目的としておるのだろうな」

目的がなければ、わざわざ自身の身を危険にさらすはずがない。本来、妖というものは山堺で暮らし、よほどの理由がない限り人里には姿をあらわさないものだ。すると、楊秀が己の顎を撫でた。

「目的、か」

「なにか知っておるのか？」

「華安から四日ほどの距離にある邑《むら》が、攫猿によって半壊させられたことを思い出してな。近くの警備隊が駆けつけたが、逃げられてしまったそうだ」

「攫猿は意味もなく人を襲うようなことはせぬぞ」

「もちろん、理由がある。その邑には攫猿の子を身籠もった女がいた。だが、ある時、何者かによって殺害されてしまったらしい。攫猿は邑人の仕業だと思い、復讐《ふくしゅう》のために邑を襲ったようだ。今回の攫猿騒動と、関係があるかどうかまでは不明だ」

「いや。おそらくは同一のものであろう。攫猿は数の多い妖ではない」

「そうか、そうか。春蘭は物知りだな」

明らかな子供扱いに憤然とするが、怒ったところで無意味だと自分に言い聞かせる。しかし、そうなると、また疑問が湧いた。

「なぜ、華安《ここ》まで来たのだろうな？」

　春蘭は中庭を眺めた。ちょうどそこに啓璋と友寧があらわれ、野菜を収穫していく。働き者だと感心しながら、春蘭は己の足下を見た。なぜか、攫猿が華安に来た理由が気にかかってしかたなかった。

「のう、楊秀。攫猿を誘《おび》き出す方法があるといったら、協力するか？」

「断る」

「よいのか？　猩猩緋に先を越されてしまうぞ」

「……作戦だけは聞こう」

「私が同行することが条件だ」

「子供を危険な場所に伴えるか」

　楊秀に言わせれば、花《か》家の件に春蘭がかかわっていたこと自体、許し難い行為だったようだ。「お前の嫁なのだからなんとか言え」と、仲望にまで食ってかかっている。

「私は友寧と啓璋に約束したのだ。仲望を守ると。ぬしは、また攫猿退治に仲望を伴うつもりだろう？」

　当然だとばかりに楊秀が頷いた。隣では、仲望が嫌そうに顔を顰めている。

「攫猿を確実に誘き出すことができるのだぞ？　むろん、私には白桃がいる。ぬしが思うよりも遥かに安全だ」

　ぐっと押し黙った楊秀だったが、苦虫を嚙み潰したような表情をしたあと、唸るような声を漏らした。

「それは、本当に確実なのだろうな？」

「むろん保証はできぬ。だが、攫猿はきっと来るだろう。来ずにはおられまいよ」

きつく目を瞑った楊秀は、しばらくの思案の後、渋々といった様子で頷いた。そして、忌々しげな表情で春蘭ではなく仲望を睨みつけた。

「お前の嫁だ。傷一つつけるなよ」

仲望の溜息を聞きつつ、春蘭は晴れ渡った空を見上げたのだった。

第十章

華安《かあん》の花街《はなまち》で、百年以上も続く黄海楼《おうかいろう》。

中庭の四方を囲うようにして建てられた三階建ての楼閣では、連日にわたり煌《きら》びやかな宴がもよおされていた。

即席の床が用意された中庭で舞うのは、幼さの残る美しい少女。琴の音にあわせ、蝶《ちょう》が舞うように真っ白な袍の袖をはためかせる。

上等な生地で仕立てられた袍には、金糸で刺繍《ししゅう》が施され、同じく揃いの刺繍が施された赤い帯を腰に締めていた。白い生地に映える赤の、なんと艶《つや》めかしいことか。見事に結いあげられた黒い髪には、銀細工が施された簪。

唯一、そのほっそりとした首から提げられた安物の首飾りだけが、違和感を添えていた――。

春蘭《しゅんらん》が条件としてあげたのが、攫猿《かくえん》と大立ち回りを演じられるくらい広い場所であること。また、兵士の姿があれば攫猿が警戒しかねないため、彼らが隠れられる空間があること。

そして、天井のない吹き抜けとなっている場所、という三つだった。

協議の結果、楊秀《ようしゅう》が提案したのが、花街の妓楼《ぎろう》である。そこならば、兵士は客に扮して紛れ込ませることができ、武器も隠しやすい。また、吹き抜けの中庭があり、戦闘となっても広さに問題はない。

話は楊秀がつけてくれた。華安を騒がせている攫猿には、花街の者達も脅える日々をすごしていたようだ。万が一の損害は楊秀個人が補償することを告げると、喜んで場を貸し出すとの了承が得られた。

一方、禁軍は相変わらず後宮の近辺に配置されている。妓楼に潜んでいるのは、すべて龍乎《りゅうこ》の兵だ。子慮《しりょ》と文重《ぶんちょう》に協力を求めたところ、自分達の参加を条件に協力を了承してくれた。

「作戦を開始して、すでに三日か」

真っ白な袍と、赤い帯を腰に締めた春蘭は、化粧が施された姿で中庭の隅に立っていた。その傍らには、楽人に扮した仲望《ちゅうぼう》と楊秀の姿もある。

「本当に攫猿があらわれるのだろうな？」

「むろん。ここ三日は雨も降らず、時折ちょうどよい風が吹いておった。妓楼にも香を焚《た》かぬように頼んである。攫猿の嗅覚《きゅうかく》は鋭い。すでに、ここを嗅ぎつけておるだろうよ」

「ならば、なぜ姿をあらわさない？」

「警戒しておるのだ」

手負いとなった玃猿は、前回のことで学んだだろう。人間の中にも、己に匹敵するような強者がいる、と。おそらく、これが罠《わな》であることも勘づいているに違いない。

「同時に、焦《じ》れてもいる。そろそろ姿を見せる頃合いだろう」

そう言って、春蘭は赤石の首飾りと、銀の簪に触れた。この二つは玃猿が執着していたものである。花《か》家にあらわれた玃猿は、翠蓮《すいれん》と玉翠《ぎょくすい》を狙っていると思いきや、そうではなかった。翠蓮を隠して逃げる際に、春蘭は彼女が身につけていた衣類をばらまいた。しかし、玃猿はそれらの物には目もくれず、最後に残った銀の簪にのみ執着した。

「しかし、春蘭はどこかで舞いを習っていたのか？」

楊秀の質問に、空を見上げていた春蘭は顔をそちらに向けた。

「私の邑《むら》では、豊穣《ほうじょう》祭で若い娘達が神に舞いを捧げていた。私も幾度か踊ったことがあっただけだ。ずいぶんと昔のことだが、意外と覚えているものだな」

それは邑の娘達に受け継がれ、春蘭が守り神となってからも見事な舞いを披露《ひろう》してくれた。楽しげな邑人達の声と、舞人の動きにあわせて神楽鈴《かぐらすず》が鳴る音が響いていた。

「そういう仲望こそ、琴を弾けるとは思わなかったぞ」

「嗜《たしな》みとして学ばされただけだよ」

「たまに音を外すのは、ご愛嬌だな」

楽人達は、楊秀が用意した私兵だ。韓《かん》家の私兵で楽の心得がある者達を募ったのだという。宮中へは、私兵をねぎらうために花街を訪れたところ玃猿との抗戦となった、と言い訳するつもりらしい。攫猿を討ち取れるのであれば、その辺りは不問とされるだろうよ、というのは楊秀の談だ。

「さて。そろそろ出番だな。今日こそは攫猿があらわれるやもしれぬ。気を抜くなよ」

怪我を負っていた膝も、とても染みる塗り薬のお陰でだいぶよくなった。楽に乗せて踊っても、痛むようなことはない。春蘭は翠蓮から借り受けた銀の簪を髪に挿し直し、舞台へと歩き出した。

変異があったのは、一曲目も終盤に差しかかった頃だった。この季節にしては、生温かい空気が春蘭の頬を嬲《なぶ》った。

そこに混じる、わずかな獣の匂い。

きたか、と春蘭は唇を引き結んだ。舞う振りをして背後を向けば、楊秀と仲望もそれに気づいたように頷いた。

神楽鈴を頭上に放り投げる。

シャン、と一際、大きな音が鳴った。

それが、座敷で客の振りをする兵士達への合図だ。妓女達も心得たとばかりに中庭に面した房の奥へと移動する。

春蘭は舞う。

床につくほどに長い襦裙《じゅくん》の袖が、ふわりと宙に踊った。

そして、曲が終わろうとした時。

真上から、黒い影が落下した。

春蘭より少し離れた場所に着地したそれ。片方だけになってしまった金色の瞳が、銀の簪と赤石の首飾りを身に纏う春蘭を捕らえた。

「ヴォオオオオオオオ！」

攫猿の絶叫が妓楼を揺るがせる。好奇心からか、欄干《らんかん》から身を乗り出していた妓女達も、これにはさすがに慌てて顔を引っ込めた。代わりに武具で身を固めた兵士達が、ぞくぞくと姿をあらわした。

いくら頑丈な足腰をもつ攫猿であっても、それなりの高さを誇る妓楼を、たった一度の跳躍で飛び越えることは不可能だろう。どの欄干を足場にしようとも、そこには弓や槍を携えた兵士達の姿がある。その中には、子慮と文重の姿もあった。三階から飛び降りようとする子慮を、文重が必死に止めていた。なにをやっているのだあやつらは、と春蘭は脱力しそうになる。

——とは言え。

もはや、攫猿に逃げ場はなかった。

春蘭を背に庇うようにして、偃月刀《えんげつとう》を構えた楊秀が前に出た。仲望もまたその横で、得意の弓を構える。

「さて」

攫猿を見据え、春蘭は呟いた。おそらく、妓楼の罠について、猩猩緋《しょうじょうひ》——洪采《こうわ》も勘づいているはず。理由は不明だが、攫猿を捕らえようとしているのなら、近くにいる可能性は高い。

攫猿は、楊秀が手強い相手であると気づいているのだろう。安易に飛び掛かろうとはせず、機を窺うように上体を低く保つ。先に緊張を破ったのは楊秀だった。

「はぁああ！」

振り下ろされる偃月刀を、攫猿は素早い動作で避ける。だが、間髪を容れずに二打目、三打目が繰り出される。片腕を失った攫猿は、防戦一方で反撃する余力がないように思われた。

だが、攫猿は隙を窺っていただけだった。

楊秀が攫猿の残された右腕を狙い、偃月刀を振りかぶった時。あろうことか、攫猿は自らの肩でその一撃を受け止めた。

「しまった！」

楊秀の一撃を受けた部分の筋肉が、不自然に盛り上がっていた。偃月刀の刃がその筋肉に押さえつけられ、引き抜くことができない。とっさに柄から手を放した楊秀だったが、わずかにできた隙を見逃す攫猿ではない。真っ赤な口内をさらしたかと思うと、鋭い牙が楊秀に接近する。

だが、それを一本の矢が辛うじて阻む。仲望が続けざまに放った矢が、攫猿の肩に深々と突き刺さった。

「ガァアアアアァッ！」

楊秀はその隙に、部下から新しい偃月刀を受け取った。

「油断するな、楊秀」

仲望の厳しい声に、楊秀は自嘲するように笑った。

「むろん。次で終わらせる」

今まで楊秀の腕を覆っていた光の膜が、分厚さを増す。〝気〟を集約しているのだろう。攫猿がまた、その一撃を受け止めようとも、骨ごと肉を断つために。

「――行くぞ」

しかし、楊秀が偃月刀を振りかぶろうとした時、その足許に匕首《あいくち》が刺さった。緊迫した空気の中、音も立てずに空から舞い降りた影が二つ。どちらも、右の二の腕に鮮血のような赤い布を身につけていた。

「でたな、猩猩緋め」

憎々しげに楊秀は呟く。欄干から中庭に向かって槍や弓を構える兵士達も、攫猿ではなく覆面の男と、鬼面の人物に向かって切っ先と矢尻をあわせた。

「韓将軍は私が相手をします。あなたは、攫猿を殺しなさい」

「………」

「もはや、生きることが地獄《じごく》でしょう。それに、生け捕ったところで周りは敵ばかり。運びだすことも困難です」

「だが！」

「せめて、あなたの手で葬ってやりなさい。それが慈悲というものです」

鬼面の人物はそれだけ告げると、楊秀に向かって双剣を構えた。一方、洪采は、肩で荒い息をつく攫猿と相対していた。だが、以前は躊躇いもなく槍を振るっていた洪采が、なぜか攫猿を前に躊躇している。やはり、洪采と攫猿の間にはなにかあるのだ、と春蘭は確信を深めた。

「春蘭。白桃《はくとう》を出して、傍から離れないように」

「行くのか？」

「ああ。楊秀が押されている」

仲望の言葉の通り、気術兵《きじゅつへい》である楊秀が鬼面の人物に防戦を強いられていた。攫猿と対峙し体力を削られていることを差し引いても、相手はかなりの手練《てだれ》のようだ。流れるような剣捌《けんさば》きは、受け流すだけで精一杯といったところか。

仲望は矢を番え、鬼面に向かって素早く射た。背後を狙ったにもかかわらず、まるでそこに目でもついているかのようにひらりと躱し、剣の腹で叩き落とされてしまう。仲望は「面倒臭そうな相手だな」とぼやきながら、二の矢、三の矢を打ち続けた。

「白桃」

春蘭は仲望の指示に従い、少し離れた場所に移動すると、白桃を呼び出した。その背に跨がり、洪采の近くへと向かうようにこっそりと指示を出す。楊秀は当然だが、仲望も鬼面の人物に集中しているため、春蘭の行動には気づいていない。その顔は苦悶に歪められている。

「洪采、なにがあったのだ」

春蘭の呼び掛けに、洪采は肩を揺らした。そんな相手に隙を見たのか、玃猿が腕を振りかぶる。とっさにそれを回避した洪采だったが、やはり反撃する意思が見られない。

「……めだ。駄目だ。俺には、殺せない」

「洪采？」

悲しみに満ちた瞳で、洪采は玃猿を見やった。

「……あれは、梁華《りょうか》。俺の妹なんだ」

――玃猿は女を攫う。攫われた女は玃猿の妻とされ、子を身籠もれば人里に返されるが、子を身籠もらなければ何年も返されることはない。

そして、子を産まぬ女は、山界の気に耐えられず、数年でその姿を玃猿に変え、人であったことを忘れてしまうのだ、と玉翠は言っていた。

「玃猿から人に戻ることはない。だが、それでもあれは梁華に変わりないんだ」

「それで、か」

なぜ、猩猩緋が玃猿を捕らえようとしていたのか合点がいった。彼らはおそらく、仲間であった玃猿――梁華――から、猩猩緋の情報が漏れるのを恐れたのだ。玃猿は人語を喋ることはできないが、意味を解することは可能だ。万が一、人であった時の記憶が残っていたら、猩猩緋の潜伏場所を知られかねない。

殺さずに生け捕りにしようとしていたのは、仲間を手にかけることを躊躇い、せめて山界に帰してやりたいと考えたのか。山界で暮らす限りは、人の手も届かない。

「その首飾りは、俺が梁華に贈ったものだ。安物なうえ、俺の手作りだったが……肌身離さず持っていると笑っていた。兄として、この手で葬ってやるべきだとはわかっている……わかっているが」

辛いのだ、と洪采は吐きだすように告げた。しかし、そんな洪采の心など知らず、攫猿は牙を剝き出しにして迫りくる。

「洪采！」

攫猿の牙が、洪采の肩に深々と突き刺さる。歯を噛み締め、痛みを堪える洪采は「りょう、か」と妹の名を口にした。しかし、攫猿は構わずに洪采の肩を砕こうと、顎に力を込める。

「梁華ぁあああああ！」

洪采の悲痛な叫びが楼閣に響き渡る。唇を噛み締めた春蘭は、意を決した顔つきで攫猿を睨んだ。

「これを見よ！」

春蘭が掲げたのは、攫猿が持っていた赤い石の首飾りだった。それにぴくりと反応した攫猿は、洪采の体を投げ捨てるように手放すと、視線を春蘭へと向ける。

「簪もあるぞ。ぬしは、これを探していたのだろう？」

低い唸り声を発した攫猿は、一拍の後、春蘭に猛然と襲いかかった。それに応戦するように白桃が跳躍するが、片腕で弾き飛ばされてしまう。春蘭は妓楼内に逃げ込もうとしたが、その行く手を攫猿が遮る。簪と一緒に首飾りをできるだけ遠くに放り投げたが、攫猿の視線は春蘭に向けられたままだった。その瞳には明らかな怒気が宿っている。

「ガァアアアア！」

激しい咆吼。攫猿の腕が、春蘭を捕らえようと伸ばされた。しかし、それはあと少しのところで、一本の矢によって阻まれる。

攫猿の右肩に命中したと思った瞬間、その上腕部分が粉々に吹き飛んだ。

春蘭はとっさに振り返った。矢を射た仲望は、前髪で隠れていた片目を押さえ、苦しげに膝をつく。

「仲望……！」

手の下、右目から淡い光が漏れていた。それは楊秀や洪采が気術を使用した時に見られる光と同じだった。だが、なぜ胸部ではなく、瞳から漏れているのか。

一方、攫猿は激しい絶叫をあげる。両腕を失った攫猿は、痛みのあまり狂ったようにのた打ち回った。

終焉は唐突に訪れた。

背中から深々と胸を抉るように突き出された一撃が、攫猿の分厚い胸板を貫通する。巨体の向こう側には、片腕で槍を握り締める洪采の姿があった。洪采は耐えるように唇を嚙み締め、槍をさらに奥へと捻《ね》じり込む。

大量の血を吐き、玃猿の体がその場に崩れ落ちる。やがて、その金色の瞳から、急速に光が失われた。力の抜けた体が地面に沈む。

茫然と、洪采はその遺骸《いがい》を眺めた。

「俺は殺してやることしかできなかった」

春蘭にはかける言葉は見当たらなかった。また、絶望に染まる瞳には、どんな言葉も届くことはないだろう。

キン、となにかを弾くような音が響くと同時に、洪采の傍らに鬼面があらわれた。はっとして周囲を見回せば、偃月刀を弾き飛ばされ歯嚙みしている楊秀の姿があった。

「もう、ここに用はありません」

「……わかっている」

「逃がすな。矢を射ろ！」

楊秀の声に欄干から身を乗りだした兵士達が、二人目掛けて矢を射ろうとする。しかし、洪采と鬼面の人物は、まるで一陣の風のように姿を消していた。

残されたのは、玃猿の骸《むくろ》のみ。

春蘭は哀れな妖《あやかし》の元へと近寄り、片手でそっと瞼を閉じた。そして、投げ捨てた首飾りを拾いあげる。銀の簪のほうは、真っ二つに割れていた。

「……だがな、洪采。人は妖に変わることはないのだ」
証明する術《すべ》はないが、神として生きた春蘭は知っている。
人は人である。
どれほど山堺の気に晒《さら》されたところで、妖に変わることはない。
それがなにを意味するのか――。
春蘭は首飾りを握り締めた。

終章

攫猿《かくえん》は華安《かあん》の都から消えた。

禁軍の気術兵《きじゅつへい》が活躍したとの発表がなされたが、いや、実は龍乎《りゅうこ》が退治しただの、不甲斐ない朝廷の代わりに猩猩緋《しょうじょうひ》がだの、と人は口々に噂する。

だが、真実を知るのは一握りの者達だけ。その者達も口を噤んでいるため、真実が広まることはない。

朝方、小雨が地表を撫でていったせいか、すっきりとした空気が辺りに漂っていた。

華安一広い龍神《りゅうじん》大路に出た春蘭《しゅんらん》は、運よく目的地へと向かう荷馬車を見つけることができた。御者に頼めば、荷台でよければ乗せてくれると言う。徒歩で目的地に向かうよりは、多少の揺れがあっても荷馬車のほうが遥かに楽だ。

その途中のことである。

道幅は狭いが、それでも俥がすれ違えるほどの道で、春蘭は奇妙な一行に目を止めた。

人数は二十人ほどだろうか。大半は、薄汚れた短服を着用した男達で、両腕には木製の頑《がん》丈《じょう》な手枷《てかせ》がつけられている。髪は短く刈りあげられ、全員がどことなく荒んだ目つきで辺りを睨んでいた。

その周囲を固めるのは、武具をつけた役人風の男達だ。こちらは数えるほどしかいないが、手には槍を、腰には剣を佩いている。そして、少し離れたところには、立派な栗毛の馬に跨がっている者達が二人、厳しい眼差しを周囲に向けていた。

二列に並んだ男達の手枷には縄が通され、前方を行く者の腰に結びつけられている。数珠《じゅず》繋《つな》ぎに歩いている姿は異様で、遠目にも目立っていた。

「ふむ……」

おかしな集団だった。荷台からじっと眺めていると、一緒に荷馬車に乗り込んでいた下働きの老人が御者へ話しかける声が聞こえた。

「また、罪人達が連れてかれるみてぇだ」

「最近よく見るよな。何回目だ？」

「片手では足りんだろうよ」

なるほど、あれは罪人達の集団か。納得した春蘭は、再び独自の雰囲気を漂わせている一団へと視線を向ける。

周囲を観察すれば、通りにいる者達も足や手を止めて、不快感も露《あらわ》に一行をじろじろと眺め回していた。

「なんでも、皇帝様が新しい宮殿を建てるらしい」

「宮殿？　俺は後宮の望楼《ぼうろう》だと聞いたぞ」

「どっちでも金がかかんのは変わんねぇさ。あいつらも気の毒になぁ。自業自得とはいえ、死ぬまで扱《こ》き使われるんだ」

「爺さん、罪人に同情してどうすんだよ」

御者の呆れたような声が響く。しかし、応じる老人の声にはやるせなさが滲んでいた。

「それはお前さん、このご時世だ。生きるためにしかたなく、って奴も大勢いるだろうよ」

「確かになぁ」

じょじょに罪人達の集団が遠ざかっていく。その姿が見えなくなる頃には、御者と老人の話題も別なものへと変わっていた。荷馬車はゆっくりとした速度で道を進む。馬を走らせるよりは遅いが、それでも春蘭は思ったよりも早く目的の場所へと辿り着いた。

「……ふぅ。かなり揺れたな」

ふらふらとした足取りで、春蘭は荷台から降り立つ。御者に礼を述べれば、「気をつけて行けよ」と労られた。荷台に乗っていた老人も、穏やかな表情で手を振ってくれる。

それに春蘭は目礼を返し、目的の地へと足を踏み入れた。

華安において唯一、夜間の外出が許可されている場所——それが、名立たる妓楼が軒《のき》を連ねる花街である。

まだ日の高い時間、人の通りも少なく閑散《かんさん》としている。ここが一気に華やぐのは、夕の刻限をすぎてからだ。

花街の大門から真っ直ぐ伸びる華観《はなみ》大路。その両脇には、立派な楼閣《ろうかく》が立ち並んでいる。

それでも、大門付近にある妓楼は歴史も浅く、敷居も低いのだという。春蘭は大路の奥に進む。そこに店を構えられるのは、花街でも、歴史、品格ともに上位であると認められた妓楼なのだそうだ。

さらに、その中でも、一、二を争うと言われているのが、黄海楼《おうかいろう》である。

先日、華安を騒がせた妖《あやかし》、玃猿が命を断たれた場所でもあった。数日振りに訪れるそこは、先日の騒動などなかったかのように静かだった。

風格のある門構えに、楼閣の屋根は鮮やかな朱塗《しゅぬ》りの瓦で覆われ、その角には、伝説上の獣を象《かたど》った走獣が一体ずつ並べられている。細かな彫刻が施された格子窓や、金で塗られた柱など、すみずみにまで贅《ぜい》が尽くされていた。

夜になれば大きな赤い行灯《あんどん》が表門に掲げられ、煌びやかな衣裳に身を包んだ妓女達の艶《あで》姿《すがた》が花を添える。昼間である今は、幾分、迫力が削《そ》げ落ちているように見えた。

「さて、雇ってもらえるとよいのだが……」

ぽつりと呟いた春蘭は、大の大人でも一度は躊躇いそうなほど豪奢《ごうしゃ》な表門をくぐった。細かな砂利が敷かれた小路の向こうには、表門よりは一回り小さな門がある。複数の門は、外界との離別を表しているのだそうだ。

確かに、ここは妓楼という、浮世から離れた世界。すべてを忘れ、享楽《きょうらく》に耽《ふけ》ることのできる場所だ。まあ、そこにはけっして少なくない金銭が絡んでくるのだが。春蘭が第二の門をくぐろうとした時、野太い声がそれを遮った。

「子供がなんの用だ」

顔をあげれば、筋骨隆々とした強面《こわもて》の男が春蘭を睨むように立っていた。年齢は三十を過ぎた辺りだろうか。動きやすそうな短服を着て、手には長い朱塗りの棒を持っている。

「楼主に会いに来た。通してもらえぬか？」

「なんだ、ここで働くつもりか？」

「うむ」

眉を寄せ、じっとこちらを見詰める男を疑問に思いながら春蘭は頷いた。すると、大きな手が春蘭の頭を慰《なぐさ》めるように撫でる。

「こんなにちっせぇのに……親はどうした？　仲介屋はいんのか？」

「ちゅうかいや？　いや、私は先日、ここで少々世話になったのだが」

「なんだ、面通しは済んでんのか。でもなぁ、普通は親か仲介屋がつき添ってくんだろ。一人だなんて、お前……」

男は急に目頭を押さえた。よくわからないが、なにかを堪《こら》えているようだ。

「通ってもよいのか？」

「あ、ああ。中に入れば誰かしらいるだろ。適当に捕まえて、連れてってもらいな。間違っても一人で上に行くんじゃねぇぞ」

「わかった」

「……がんばれよ。耐えてりゃ、いつか自由になれっからよ」

なぜか涙目の男に首を傾げながらも、春蘭は奥へと歩を進める。男の言った通り、春蘭はすぐに店の者を捕まえることができた。

四十すぎの小柄な男は、はじめは訝しげな視線を向けてきたが、攫猿の件で世話になった者だと告げれば、思い出したように手を叩いた。

「楼主に会わせてもらいたい」という申し出も、嫌な顔一つなく了承される。おそらく、春蘭の背後に韓楊秀《かんようしゅう》――禁軍、右《う》飛《ひ》龍《りゅう》将軍の影を見ているのだろう。案内さえしてもらえればなんの異論もない春蘭は、黙って男のあとをついて行った。

黄海楼を空から見れば、横長の形をしている。その中央には、攫猿を退治した広々とした中庭があり、各階の欄干《らんかん》から美しい眺めを堪能することができた。春蘭が通されたのは、中庭に面した北側の最上階にある房であった。

日当たりのよい室内には龍が描かれた衝立《ついたて》が置かれ、磨き上げられた板間には、七絃琴《しちげんきん》を弾く十二、三の少女がいた。涼やかな琴の音が、室内に流れている。

それを、渦巻きの形に編んだ円座《えんざ》と呼ばれる敷物に座った妙齢の女が、瞼を閉じうっとりとした様子で聞き入っていた。

艶やかな黒髪は丁寧に結いあげられ、煌びやかな髪飾りで装飾されている。一種の芸術品のような出来栄えだ。紫色を基調とした派手な襦裙《じゅくん》は、肩から胸元まで大きく開《はだ》け、絹のように滑らかな肌が覗いていた。

春蘭をここまで案内した男は、房の手前で立ち止まった。演奏が終わるのを待つのだろう。春蘭は室内に視線を向けながら、しばし琴の音に聞き入った。

「――もう、いいよ」

低く甘やかな声があがり、琴の音が止んだ。琴から顔をあげた少女は、不安そうな視線を女に向ける。

「上達したじゃないか」

「ほ、本当ですか？」

「もちろんだよ。ただ、緊張のしすぎは駄目だね。音に硬さが出る」

はい、と少女は嬉《うれ》しそうに頷いた。自分の背とそう変わらない七絃琴を抱えた少女は、男と春蘭に気づくとわずかに目を見張り、慌てたように一礼すると房を出て行った。

「それで、韓の旦那のとこのお嬢ちゃんは、うちにいったいなんの用なんだい？」

春蘭へと視線を向けた女は艶やかに微笑んだ。彼女の名は淘蟬英《とうせんえい》。黄海楼の女楼主である。

蟬英の前に座った春蘭は、早々に話を切り出した。

「頼みがある。ここで私を雇ってくれぬか」

蟬英の値踏みするような視線が、春蘭の全身に注《そそ》がれた。それはすぐに呆れたような表情に取って代わる。

「からかうのも大概におしよ。よりによって韓の旦那と縁のある子を、うちで雇えるもんかい。第一、あんたは裕福なとこの娘なんだろう？　家出でもしたいのかい？」

「私は裕福な家の娘ではないぞ。今は鄭《てい》家に居候中の身だ」

「鄭……ああ、もう一人いた兄さんのほうか。それでも、確か官吏様だっていうじゃないか。

どうしてもというなら、保護者を連れておいで」

説得しても埒《らち》が明かないと思ったのだろう。蟬英は不機嫌そうな顔つきで、春蘭を睨みつけた。

「それにね、お嬢ちゃん。なにを勘違いしているかわかんないけど、うちは黙って笑ってりゃ金が貰えるところじゃあないんだよ。ここにいる子達はみんな、借金の形《かた》に売られてきたのさ。年季が明けるまで、外に出ることすら叶わない。華やかなだけの地獄だよ」

妓楼がどのような場所なのかくらい、春蘭もわかっている。春蘭が守護する邑《むら》でも、貧しさから娘を売る親がいた。手放したくて売るわけではない。むしろ、飢《う》えに苦しむよりはと、あえて娘を仲介人に渡す親もいた。

二度と会うことは叶わなくとも、せめて娘が幸せでありますように、と彼らは春蘭に祈りを捧げにきた。

「ふむ。わかっているつもりではいるが……。そもそも私は、妓女として雇ってもらいたいわけではない。私はここで占師として雇ってほしいのだ」

占いの師である母親は、妓楼で占師として働いていたという。客寄せのために、妓楼が占師を雇うことは珍しくはない。妓女を待つ間の暇潰《ひまつぶ》しに、または贔屓《ひいき》の妓女に乞われて、客は占師に占いを求める。端《はな》から当たるとは思ってもいない、金持ちにのみ許された一種の遊びのようなそれ。春蘭の母親は、その中でもよく当たると評判の占師だったらしい。

長い年月がすぎる間に、妓楼で占師を雇うことはなくなってしまったのかもしれないが、万が一ということもある。

「……占師だって？」

困惑するような蟬英の声に、春蘭は頷いた。

「最近の妓楼は、占師を雇わぬのか？」

「あんまり聞いたことはないねぇ」

「なぜだ？」

「置いとく利点がないんだよ」

今、主流となっている占筮《せんぜい》は、自然災害など国の存亡にかかわる出来事を占うものであり、個人の先行きを気軽に楽しめるものではないらしい。それよりは、先ほどの少女のように、琴や笛を練習したほうが確実に客引きになるだろう。

「利点があれば雇ってもらえるのか？」

「商売だからねぇ。売りあげがあがるっていうんなら、考えないこともないよ」

だが、そう告げる蟬英の顔には、しかたなく子供の戯言《たわごと》につきあってやっているという表情が浮かんでいた。この程度は予想の範囲内である。春蘭の外見は、どう見ても十が精々。そんな子供に占師として雇ってほしいと言われて本気にする者などいないだろう。

「返事は、私の占師としての腕を見てもらってからでよい」

利益を重視するのなら、ある意味、好都合というもの。春蘭が雇用に値する存在だとわからせればいいのだ。

用意するのは水を張った平たい盆。

春蘭は、そこに持参した水神盤《すいしんばん》を浮かべた。

「さて、なにを占おうか？」

「じゃあ……失《な》くし物を探してもらおうか」

「失《う》せ物探しは得意だ」

水神盤の扱いに慣れた頃に習うのが、失せ物探しである。母がわざと隠した物を、水神盤片手によく探したものだ。見つからない限り夕飯にはありつけないため、必死で邑中を駆け回った記憶がある。

「愛用している簪が、ここ二日ほど見つからないんだよ。手持ちの中でも形の古い物だけど、妙に愛着があってね」

「ふむ。それはどのような形で、どのような材質でできているのだ？」

「黒塗りの簪で、端に牡丹《ぼたん》を模した小さな飾りがついてるよ。確か、黒塗りの部分は木で、牡丹は珊瑚《さんご》だったかねぇ」

「わかった」

水神盤の上に片手を翳《かざ》せば、水に浮かんでいたそれが春蘭の〝気〟を受けて、くるくると旋回《せんかい》しはじめた。失せ物探しは、吉凶を読み取る必要がないため、それだけを生業《なりわい》にしていた占師も少なくはなかった。

「……もう黄海楼《ここ》にはないな。方角は、ここより北。さほど遠くはないな。すでに誰かの持ち物となっているようだ。残念だが、何者かに持ち出されて、質屋にでも売られてしまったのではないか？」

楼主の私物を盗むなど、大胆不敵な行為ではあるが、生活が苦しかったり、周囲に誰もいなかったりしたら、つい出来心で手を出してしまうかもしれない。

「この辺りに詳しい者をつけてもらえれば、簪の在《あ》り処《か》まで案内するが？」

あとは今の持ち主から、簪を購入した店を聞き、その店に売りにきた相手の人相を聞けばいい。そうやって辿っていけば、手間はかかるだろうがいずれ簪を盗んだ者に突き当たるだろう。

「その必要はないよ」

「なぜ？　愛着があったのだろう？」

「それは、身請けされた娘に、あたしが餞別《せんべつ》としてくれてやったものだからさ」

あっけらかんとした態度で告げる相手に、春蘭は自分が試されたのだということに気づいた。

「当たったか？」

「当てずっぽうにしては、まあまあ正確だね」

「まだ信じぬか」

「たまたまということもある。ふむ……ちょっと待ってな」

呼ばれたのは、先ほど琴を弾いていた少女と、春蘭をここまで案内してくれた男である。

なぜ、ここに呼ばれたのかわからぬ二人は、困惑を隠せない様子だ。

「この二人は、趙奉義《ちょうほうぎ》、魏祥琳《ぎしょうりん》という。さて、二人の未来を占ってもらおうか」

趙奉義は、四十代前半の小柄な男である。糸のように細い目で忙《せわ》しなく周囲を見回し、どこか落ち着かない印象だった。この男は古株の一人で、黄海楼の経理に携《たずさ》わっているそうだ。

一方、魏祥琳は十二、三の、まだあどけなさがたっぷりと残る少女である。服装は春蘭と似たような襦裙で、妓女というよりはその見習いなのだろう。やや垂れ気味の目元が、愛嬌のある顔立ちに見せていた。

「失せ物探しから、ずいぶんと飛躍したの。しかし、未来というのは、いささか漠然としすぎやしないか？」

むろん、占うことは可能である。しかし、失せ物探しと違って、春蘭の占いが正しいという証拠を示すものがない。たとえそれが数日後を占えということだったとしても、すぐに結果が出るものでもなかった。

「いいんだよ。さぁ、占っておくれ」

なにか企むような笑みを浮かべる蟬英に首を傾げつつ、春蘭は水神盤に手を翳した。

占うのは、趙奉義という男の未来。

未だ主旨が摑めないのか、奉義は訝しげな表情を顔に張りつかせている。

じわり、と盆に張られた水が水神盤の溝を浸食する。八つの角がそれぞれの方角を指し、奉義の未来を春蘭に告げる。

「――ふむ」

春蘭は結果を視《み》て、小さく息を吐いた。

これは、わかった上でここにこの男を呼んだのだとすれば、黄海楼の楼主は思った以上に意地の悪い人物だ。

「ぬしの未来……それも、近しい未来に罪人として黄海楼《ここ》を追い出されることになる」

面と向かって告げられた言葉に、奉義は唖然《あぜん》としていた。だが、見る見るその顔から血の気が失せていく。

「じょ、冗談にもほどがございますぞ！」

春蘭を楊秀の家の者と思っているのか、奉義の態度は丁寧なものである。しかし、春蘭を見つめる眼差しには、不気味なものを前にしたような〝畏《おそ》れ〟があった。

「冗談ではない。この八つの角にはそれぞれに意味があり、指し示す方角により象徴するものが異なる。ぬしの場合は、金銭の問題を抱えているという結果が出た。それが原因で、ここを追われることになる」

ごくり、と生唾《なまつば》を呑み込んだ奉義は、引き攣った笑みを浮かべながらも、主人である蟬英に顔を向けた。

「蟬英様、これはどういった類いの戯言ですか？　私にはまだ仕事が残っておりますゆえ、そろそろ持ち場に戻りたいのですが……」

「その必要はない」

妖艶な笑みを浮かべた蟬英だったが、その目は少しも笑っていなかった。

「あたしが気づいていないとでも思ったかい？　まさか、先代から仕えていたお前が使い込みをするだなんてねぇ。信じたくはなかったけど、どうやら本当だったらしい」

「そ、そんな。私は、使い込みなど！」

「調べはついているんだ」

奉義の顔色は、もはや蒼白というよりはどす黒さを帯びていた。額には脂汗《あぶらあせ》が滲み、視線は忙しなく周囲を彷徨《さまよ》っている。

「お前達。奉義を部屋に押し込んで、逃げないように見張っときな！」

蟬英の呼び声に、予《あらかじ》め廊下に控えていた男達が房に入り、有無を言わさず奉義を引《ひ》き摺《ず》っていく。奉義はそれでも、必死に何事か喚き続けていた。喧騒《けんそう》が去ったあと、蟬英は気怠《けだる》げに溜息をつく。

「また当たっちまったねぇ」

「あの男が使い込みをしていると知った上で、わざわざ私に視させるとは意地が悪いのではないか？」

「真偽のほどを見極めるために、使わせてもらっただけさ。最後くらい役に立ってもらわないとね」

蟬英は極悪人も裸足《はだし》で逃げ出しそうなほど、あくどい笑みを浮かべる。

「これで私の腕はわかってもらえたと思うが、この娘も占うのか？」

　春蘭は、あまりのことに未だ混乱の極致にある少女に視線を向けた。大口を開けて惚《ほう》けている様は間抜けだが、それはそれで可愛らしい。春蘭に見られていることに気づいたのか、祥琳は慌てて口を閉じ居住まいを正した。

「そっちは、なんの思惑《おもわく》もないよ。一人だけ呼んだら、あいつもなにか勘づくと思ってね。でも、ついでだ。占ってくれるかい？」

「かまわぬ」

　水神盤を浮かべ直した春蘭は、緊張に体を強張らせている祥琳を見つめた。

「……私は占師として、どのような結果が出ようとも、それをぬしに告げなければならない。それでもよいか？」

「は、はい」

　視た未来がけっして幸福なものではなかったとしても、それを聞いたことにより、定められた運命が変わることもある。占師は未来を視るだけでなく、降りかかる災難から身を守る術を助言することも可能だ。しかし、中にはどう足掻いても変えられぬ未来がある――守り神となる前の、己がそうであったように。

「私は、自分が妓女としてやっていけるかどうか知りたいです」

　膝の上で握られた手は、力を込めているせいか真っ白になっている。しかし、真横に引き結ばれた唇からは意志の強さが垣間見えた。

「そうか」

にっこりと微笑み、春蘭は盤上に手を掲げた。

小刻みに回転をはじめるそれに、春蘭はじっと視線を注ぐ。浮かんだ文様と、八つの角が指し示す方角に春蘭は眉を寄せた。

「……ぬしの未来はそう悪いものではない。ただ、一つ越えねばならぬ問題がある」

複雑な文様、そのとある一点でぴたりと浸食が止められている。そして、そこに一番近しい角が指し示す方角は――。

「〝疫《えき》〟だ」

祥琳だけではない。話を聞いていた蟬英もまた、同じように息を吞んだ。

「命を落とすかどうかは定かではない。そこから未来が続く可能性も出ている。おそらくは、五分五分か」

玉の部分を押せば、水神盤は一度水面に沈んだあと、再び浮き上がってきた。あらわれた文様は、先ほどのものと寸分も違わない。

「疫は避けられぬようだな……奇妙な病が流行《はや》るようになったら気をつけるとよい。あとは腕のよい医師を探しておくことだ」

「ちょいといいかい？」

蟬英の声に春蘭は顔をあげた。使い込みを行った部下に向けられた顔よりも、さらに厳しい視線が春蘭にそそがれる。

「世の中にはね、言っていいことと悪いことがあるんだ。たとえ冗談でも、そういうことは口にするんじゃないよ」

「冗談ではない」

なによりも信を置いている己の腕に難癖《なんくせ》をつけられた気がして、春蘭は眉間《みけん》に皺《しわ》を寄せながら反論した。

「事実だ」

疫とは、ただの病ではない。死者が出るほどの、伝染病のことを示す言葉だ。春蘭自身、母親から疫について学んでいたが、実際に目にしたのは、はじめてである。

それでも、見間違えることはない。

〝災厄《さいやく》〟——それを表す文様は、あまりにも禍々《まがまが》しい。

「世間知らずとは思っていたけど、知らないんじゃなくて常識の範疇《はんちゅう》からずれてるみたいだね。国運を左右するほどの災厄を占うのは、宮廷お抱えの占師達だ。一般の占師には禁じられてるよ」

「なぜだ？」

「混乱を招くからさ」

確かに、と春蘭は頷いた。三百年前は、疫の流行にかんする対応は邑ごとに行われていた。だからこそ、邑には最低でも一人の占師が置かれ、絶大な信頼が寄せられていたのだ。

「朝廷にも占師はいるのだろう？　いざとなれば、対策が練られるはずだ」

「対策ねぇ……。あの残虐《ざんぎゃく》非道な皇帝様のことだ、疫が出たらその付近一帯を住民ごと焼き払うだけで済ませそうだよ」

嘲《あざけ》るような声に、祥琳の小さな体が大きく揺れた。過激な内容に脅えたのだろう。それを横目で眺めながら、春蘭はずっと疑問に思っていたことを口にした。

「ところで、華安に守り神はいないのか？」

「守り神……？　確か、建国と同時に龍天山《りゅうてんざん》に祀《まつ》られたと聞いたけど。それと疫になんの関係があるんだい？」

「守り神が健在ならば、そもそも疫など流行りはしない」

神気により守られる場所に、疫が蔓延《まんえん》することはない。たとえ広まったとしても、拡大せずすぐに収まるはずだ。疫が流行るのは、守り神の力が薄れた証拠。守り神に限界が訪れているのか、それとも守り神の力をもってしても抑えることができないほど国が荒廃しているのか。

国の荒廃は、大地を流れる地脈の乱れに繋がる。そうなってしまえば、どれほど神気の強い守り神だろうと、本来の力を発揮することは難しい。疫は瞬《また》く間に華安を――そして、国を呑み込むだろう。

「なんだい。あんたも子供だねぇ……って子供なのか。神様なんてものに縋ったところで、どうしようもないさ」

「ぬしは、神を信じぬのか？」

「さあてね。妖なんてものがいるんだから、神様がいても驚きはしないよ。実際、花街にも神様を祀る社《やしろ》があるし、年に二度、供物《くもつ》を捧げる風習もある。でもねぇ、そんな不確かなもんに縋って生きてたら、あたしらのような底辺の人間はやっていけないのさ」

蟬英の言葉に、春蘭は視線を床に落とした。

神はいる。

ただ、すべての物事において万能ではないというだけなのだ。災厄を防ぐことはできても、一人の少女を貧困から救うことはできないように。

「とりあえず、物騒な言葉は口にしないでおくれよ」

蟬英の態度は、春蘭の占を軽視しているようであった。二度も当てているにもかかわらず、規模が違うというだけでまともに取りあってもらえない。しかたのないことではあるが、春蘭はやるせなさを感じた。

「祥琳。ご苦労だったね。もう下がっていいよ」

急に名を呼ばれた少女は、びくっと肩を揺らした。その瞳が不安げに揺れていることに気づいたのか、蟬英は屈託のない笑みを浮かべた。

「心配しなくても、病気になったとしても追い出したりしないよ。うちは他所と違って、お抱えの妓女は大切にするんだ。それと、ここでのことは口外しないでおくれよ。誰も信じないとは思うが、嫌な噂が立つかもしれないからねぇ」

「は、はい。わかりました」

祥琳は深く叩頭《こうとう》したあと——多少のぎこちなさはあるが——優雅な所作で房をあとにした。

改めて春蘭に向き直った蟬英は、朱に塗られた唇で弧を描いてみせた。

「不満げな顔だねぇ」

「当たり前だ」

「馬鹿にしてるわけじゃないよ。あんたの腕はなかなかなもんだ。疫のことを抜かせば、二回とも当ててきたからね」

「では、なぜ信じぬ」

「まともに言葉を交わしたのは今日がはじめてだ。そんな相手のなにを信じろというんだい？　確かに、二回とも占いは当たったよ。だからといって、次も当たるという保証はどこにもないじゃないか。悪いが、あたしはこう見えて慎重派でね」

だが、春蘭にはなぜ蟬英がそこまで占の結果を認めないのか理解できなかった。

占師が占を外すことがあってはならない。一度でも違《たが》えてしまえば、もはや占師を名乗ることはできないのだ——春蘭は、師である母親からそう教えられた。

占は邑を守る術である。その両肩に何千何百という人々の命がかかっているのだ。だからこそ、占師は邑人達から絶大な信頼を得ていた。誰もが占を信じ、その結果に従って行動したものだ。

「私は占を外すことはせぬ。一度でも外せば、占師とは名乗れぬのだ」

「おかしなことを言う子だね。だったら宮廷の占師様は、占師を名乗れないじゃないか」

「その者達は占を外すのか？」

「当たる時もあれば外れる時もある。占いとはそういうもんだよ。第一、未来をいちいち気にしてたら、好きに暮らせなくなっちまうじゃないか」

「だが、防ぐことのできる不幸もある」

「防いだ先に幸せが待っているならまだしも、また不幸の神様が待ち構えているかもしれないよ。それもすべて、防いでくれるっていうのかい？」

揶揄《やゆ》するような口調に、春蘭は唇を噛んだ。確かに、新たに敷かれた道の先が幸福であるという保証はない。それはあくまでも、目前に迫った障害を避けるための助言でしかないのだ。

「世の中には、なにも知らないほうが幸せなこともあるんだよ」

「……それでは、占師の存在する意味がないではないか」

　だからここまで廃れてしまったのだろうか、と春蘭は気づいた。

　己の得意とする水神盤を使った占いは、今や文献に記述があるだけの失われた占術である。

　誰もが扱うことのできるものではなく、適性や占い方法の難しさからなり手自体も少なかった。

　それがここまで廃れてしまった原因かと思っていたが、蟬英の話を聞いていると違うのではないかという思いが湧いた。

「おかしなことを言うね。意味がなくちゃ存在しちゃいけないのかい？」

「必要とされなければ意味がないだろう」

「必要の度合いが違うんだよ。必ずしもなければならないというわけじゃあない。占師が存在しなくても、人間は生きていけるよ。あたしらのような妓女がいなくても平気なようにね」

「…………」

「つまり、娯楽なのさ。占師も妓女もね」

一人前の占師になるためには、血が滲むような努力が必要だった。春蘭は早くから師となってくれる相手がいたが、一人で占師を目指すとなればかなりの年月を必要とするだろう。その途中で、いったい幾人の者達が脱落していったことか。

だが、大勢の人々の暮らしを背負うのだ、当然のことであると春蘭は考えていた。それを〝娯楽〟と切って捨てられることに対して、誇りを傷つけられたかのような衝撃を味わった。

「言っただろう？　うちに占師を置いておく利点はないってね。確かに物珍しさはあるが、黄海楼は花街でも老舗《しにせ》中の老舗なんだ。そんなものでわざわざ客寄せしなくてもいいのさ。それに、下手な相手を雇って、うちの品位を落とすわけにはいかないからねぇ」

「……では、私は占師として雇ってはもらえぬのか？」

　黄海楼が駄目ならば別の妓楼、というわけにはいかない。攫猿の一件で世話になった際、妓女達の扱われかたを見て、ここなら大丈夫だろうと判断したのだ。それに春蘭は楊秀の知りあいである。いきなり訪ねても、無下《むげ》に扱われることもないだろうという打算もあった。

「まあねぇ、当たるとなればそれなりの客寄せにはなるだろうし、雇ってやれないこともない。ただ、さっきみたいなのは困るよ」

「さっき？」

「疫のことさ。いきなりそんなことを言われてご覧。どんな楽しい気持ちも、一瞬で興醒《きょうざ》めだ」

「真実を告げてはならぬというのか？」

それは占師としての信条に反する、と春蘭は眉を曇らせた。たとえどれだけ残酷な卦が出ても、真実以外は告げてはならない。そう教えられてきた春蘭にとって、蟬英の出した条件は承諾しかねた。しかし、蟬英はそれを一笑する。

「ここに来る客は、そんなものを求めちゃいないのさ」

「だが……」

「なに、簡単なことだよ。さっきみたいな失せ物探しや、単純な吉凶、恋占いなんかもいいねえ。そんな他愛《たわい》もない物事に限定すればいいのさ」

確かに、それならば疫のような災厄が結果としてあらわれることもないだろう。客の意に沿わない結果だったとしても、しょせん占いだと笑って済ませられる範囲かもしれない。

あくまでも春蘭の目的は、玄楽《げんらく》から真名《まな》を取り戻すことである。

そのためには鄭家に留まらなければならず、世話になるからにはまとまった金銭を払わなければならなかった。たとえ仲望《ちゅうぼう》や友寧《ゆうねい》達が必要ないと言っても、それは春蘭の矜持が許さない。別に働き口を見つけられない以上、わがままを言っていられる状況ではないことくらい春蘭も痛いほどわかっていた。

「それでも構わぬ。雇ってはもらえないだろうか」

　蟬英は春蘭を一瞥したあと、瞼を閉じて思案するように考え込みはじめた。

「……客寄せにはなる。ただ、外見がねぇ……いや、いっそのこと……」

　ぶつぶつと呟いていた蟬英だったが、なにか閃《ひらめ》くものがあったのか、急に双眸を見開いたかと思うと、にやりと笑みを浮かべた。今にも舌舐《したな》めずりしそうな表情である。

「いいね。金の匂《にお》いがするよ」

「そうか？」

「攫猿の件もいい客寄せになったけど……ふふふっ」

　なにを想像しているのか不明だが、なんとか雇ってもらえそうな流れに、春蘭は安堵の息をついた。得られる賃金は、雀《すずめ》の涙ほどかもしれない。それでも、自分一人分の食い扶持くらいは稼げるだろう。これで気後れすることなく、鄭家に居座ることができる。もっとも、気後れしたことなど一度としてないが。

「ただし、条件がある。さっきも言ったように、客が不快になるような占いは絶対に禁止だよ。それだけは守っておくれ。あとは世話になってる人にきっちり話をつけておくように。揉《も》めるのはごめんだからね」

「了承した。では、これから世話になる。それと、私の名は李《り》春蘭だ。春蘭と呼んでくれ」

「わかったよ。ああ、でも占師としての名は別のほうがいいねぇ。春蘭、春の蘭……秋菊《しゅうぎく》というのはどうだい？」

　春蘭秋菊とは、吉兆《きっちょう》図《ず》として用いられることが多い。春の蘭は風雅にして高潔であり、秋の菊は多彩で美しい姿をしていることから、優劣をつけ難いという意味もある。対比のような名に、春蘭は頷いた。

「それでよい」

「じゃあ、詳しいことは後日、報せを送るよ。色々と手配しなきゃあならないからねぇ」

「手配？」

「ふふふっ。それはあとのお楽しみだよ」

満面の笑みを浮かべる蟬英に疑問を感じながらも、これで意気揚々《ようよう》と凱旋《がいせん》できることに、春蘭も安堵するのだった。

　鄭家へと戻った春蘭は、客が来ていることに気づいた。ここへ来る客は限られている。日当たりのよい房室を覗けば、そこに楊秀と仲望の姿があった。春蘭の気配に気づいた楊秀が、こちらを見て破顔する。

「相変わらず小さいな。ちゃんと食わせてもらっているのか？」

「そんな簡単に背が伸びておれば、あっという間にぬしらを抜かしてしまうぞ。ところで、楊秀。先日、頼んでおいた件はどうなった？」

「ああ。むろん、調べておいたぞ。攫猿に殺害された良家の子女が、当日に身につけていた装飾品と、その出自だったな」

「面倒なことを頼んですまなかった」

「なに。春蘭は攫猿討伐の功労者だ。それくらい容易《たやす》いさ」

仲望の目が意味ありげにこちらへと向けられる。楊秀は頼まれごとの裏にある意味について、深く考えてはいないようだ。

「なかなかに細かいからな。文にしたためておいた」

「私は文字が読めぬ。仲望、読んでくれ」

「はいはい」

文を受け取った仲望は、それを一瞥して訝しげに眉を寄せた。

「後宮——それも太后と黎貴妃《れいきひ》からの贈り物が多いな」

「みなそれぞれ影響力のある御仁ばかりだ。陣地に取り込むべく躍起になっているのだろう。しかし、翠蓮《すいれん》殿が持っていた簪が黎貴妃から下賜されたものだったとは、驚きだな」

「太子側の旗色は悪い。寝返りを唆《そそのか》されたのではないか？」

「義に厚い花中書令《かちゅうしょれい》が、太子を裏切るわけないだろう」

「一族の存亡にかかわるとなれば、覚悟も鈍る。そこに黎貴妃がつけ込んでもおかしくはないさ」

頭上で交わされる政治色の濃い話に、春蘭はいつの時代も跡継ぎ問題は大変だなと思いながら、文にしたためられた文字を眺めた。春蘭が生きた時代は、まだ識字の普及が盛んではなく、邑でも読み書きができる者は片手で数えられる程度だった。

「あの簪は黎貴妃からの贈り物なのか……」

春蘭は襦裙の上から、肌身離さず持っている赤石の首飾りに触れた。ずっと疑問に思っていた答えが、ぼんやりと形をなしはじめる。しかし、それはあまりにも——。

「そういえば、春蘭はどこかに行っていたのか？」

楊秀の問いに、物思いに耽っていた春蘭は顔をあげた。

「おお、そうだった。攫猿の件で世話になった妓楼があっただろう。そこでな、雇ってもらえることになったのだ。これで、私の食い扶持は心配ないぞ」

胸を張って告げた時だった。がしゃん、と陶器の落下する音がした。何事かと振り返れば、そこには顔を真っ青にした啓璋《けいしょう》と友寧の姿があった。二人の足下には白湯とその容器が転がっている。

「ぎ、妓楼！」

「なにもそこまで！」

驚愕《きょうがく》に顔を歪めた啓璋に対し、友寧は今にも泣き出しそうな表情を浮かべている。なにかまずいことでも言ったのだろうか。春蘭は己の台詞を反芻《はんすう》するが、特に引っ掛かる箇所があるようには思えなかった。

「なにか問題でもあるのか？」

「お、おおありだ。お前はもっと自分を大事にしろよ！」

「そうだよ。妓楼なんてっ、妓楼なんてっ！」

　春蘭の両腕を双方から摑み、少年達は必死の形相で迫ってくる。なぜ、こんなことになってしまったのか意味がわからない。助けを求めるように仲望を見れば、彼もまた友人に詰め寄られているところだった。

「仲望、見損なったぞ。お前が不甲斐《ふがい》ないばかりに、こんな小さな嫁にまで苦労をかけて！　今すぐ黄海楼に行って取り消して来い！」

「いや、取り消してもらっては困るぞ」

「……私が甘かったのだな。尻を蹴ってでも、この怠惰《たいだ》な男に仕事をさせるべきだったのだ。そうすれば、こんな事態には……。すまない、春蘭！」

　眉間に皺を寄せ、仲望の襟をぐいぐい締めあげながら楊秀は苦悩の声を漏らす。そろそろ意識がなくなってしまうのではないか、と感じた春蘭は、いつもならば血相を変えて楊秀を止めに入る少年達の代わりに声をかけた。

「のう、楊秀。とりあえず、腕を緩めぬと仲望が死ぬぞ」

「くっ、こんな時にまで夫の心配を！　まさに嫁の鑑《かがみ》だ！」

「嫁になったつもりはないのだが」

「仲望、貴様もなんとか言ったらどうなのだ！」

　男泣きをはじめる楊秀に、春蘭は未だなぜこんな事態になったのかわからずに困惑する。

そこでようやく、酸欠から解放された仲望が、少し困ったような、どこか呆れたような様子で口を開いた。

「……そもそも、黄海楼の楼主が楊秀の知りあいの子を、妓女見習いとして雇うわけないだろ」

仲望の言葉に、誰もがぴたりと動きを止めた。そして、一斉にその視線が春蘭へと向けられる。

「私は占師として雇ってもらったのだ」

啓璋と友寧は安堵するように座り込み、楊秀は、いやそれでも妓楼で働くこと自体、悪い影響が云々《うんぬん》、と独り言のように呟いている。春蘭は、疲れたように襟元を直している仲望を見上げた。

「蟬英に、世話になっている者から了承を得て来いと言われたのだが、黄海楼で働いてもよいか？」

「……まあ、あそこなら危ないこともないし。春蘭がいいなら、反対はしないよ」

勘違いによる悶着《もんちゃく》はあったが、とりあえず了承を得られたことに春蘭は満足したのだった。

夜半のことである。

屋敷の者達が寝静まった中、房室で水神盤を取り出した春蘭は、用意していた桶にそれを浮かべる。月明かりの下、くるりくるりと動いていた水神盤が動きを止めた。あらわれた文様を眺め、眉を寄せる。

「やはり……」

呟き、春蘭は空を見上げた。雲の合間から、欠けた月がゆっくりと姿をあらわす。

手にあるのは、攫猿が持っていた赤石の首飾り。じっとそれを見つめたあと、春蘭は「白《はく》桃《とう》」と神獣の名を呼んだ。

「私には関係のないことなのだがな」

白桃の首筋を撫で、目を伏せる。関係はない。ないが、脳裏を洪采の顔がよぎった。花中書令の屋敷で、銀の簪を見つめていた攫猿の姿も。

「――行くか」

呟き、春蘭は白桃の背に飛び乗った。


西離宮。

それは、後宮の四夫人の一人、黎貴妃にあてがわれた宮なのだという。

見事な庭を望むことができる欄干に、一人の美しい女が立っていた。

わずかに寄せられた柳眉《りゅうび》、驚くほど細い腰、そして、作り物めいた美しさを漂わせる顔《かんばせ》。

体の線をより強調する寝衣を身に纏い、女は憂いを帯びた眼差しで、池に映る月を眺めている。

　それを屋根の上から観察していた春蘭は、白桃に跨がったまま女の前に姿をあらわす。

「綺麗な月夜だな」

「な、何者ですかっ！」

「騒ぐな。人が来て困るのは黎貴妃、そなただぞ」

　言いながら、春蘭は首飾りを掲げた。それに、黎貴妃と呼ばれた女は小さく息を呑む。

「それは……」

「玃猿が身につけていたものだ。見覚えがあるだろう？」

　だが、気を取り直した様子の黎貴妃は、小さな笑みを浮かべただけだった。困惑するのではなく、落ち着き払った様子で春蘭の言葉を「いいえ」と否定する。

「私も聞いておりますわ。あの玃猿は、人の娘が山界にて妖となったなれの果ての姿。その娘の形見なのでしょう？　なぜ、あなたが持っているのかまでは、わかりませんが」

「そうだな。猩猩緋もそう信じていた。だがな、人は人なのだ。いくら山界の気に当てられようと、妖にはならぬ」

　梁《りょう》華《か》として殺された玃猿は、元より山界の気より産まれた妖であった。ただ、その妖は、梁華と呼ばれた女が大切にしていた首飾りを持っていた。そして、梁華本人がどこにもいなかったために、間違って伝えられてきた話によって、妖と変わり果てたのではないかと誤解が生じてしまったのだ。

「これは、ぬしのものなのだろう？」

黎貴妃の体が、びくりと揺れる。

「男児を出産したぬしは、向かう所敵なしだといってもよい。皇帝の寵愛《ちょうあい》があれば、自分の子を太子にするなど造作もないことだからの。しかし、ぬしでも恐れることがあった」

黎貴妃は沈黙を守り、春蘭を見つめた。清楚《せいそ》な印象しか与えぬこの女性の本性は、悪か、善か。そのどちらでもあるのだろうな、と春蘭は思った。そもそも、どちらか一方に偏っている者のほうが珍しいのだ。

人は善であり、悪でもある。

祥安《しょうあん》。

そう名づけられた赤子は、皇帝の子ではなかった。

「公子の出生の秘密を知る者がいた。それは、ぬしと共に攫猿に攫われた娘だった」

娘が黎貴妃の正体に気づく可能性は、ほんのわずかだっただろう。

しかし、彼女はそのわずかを恐れた。

公子が攫猿の子だという証拠はないが、猜疑心の強い皇帝の耳に入ったらどうなることか――。黎貴妃は権力を使い、攫猿の子を身籠もり邑に戻された娘を殺害させた。

だが、ここで問題が発生した。

娘と子を殺された攫猿が怒りのあまり、邑を襲ったのだ。そして、攫猿はあろうことか華安に姿をあらわす。だから、黎貴妃は皇帝に禁軍を動かすよう哀願した。攫猿が後宮《ここ》に気づくより先に排除するために。攫猿の子を身籠もっているとわかっている娘を、後宮に差し出しますか？」

「娘自身が、身籠もっていることも、攫猿に攫われたことも言わなかった。このご時世、人買いや盗賊に襲われたのだと言えば、疑う者はいない。むしろ妖に攫われる者のほうが珍しい」

綱渡りのような賭けだったに違いない。後宮にあがる前に、妊娠に気づかれたらお終いだ。

しかし、黎貴妃はその賭けに勝った。

「のう、黎貴妃。攫猿は、なんのために華安にあらわれたと思う？」

「私にはわかりかねますわ」

「張高厳《ちょうこうげん》、黄如恵《おうじょけい》、曹文親《そうぶんしん》、そして、花興奏《かこうそう》。この名に、心当たりはあるだろう。ぬしが己の装飾品を下賜した相手だ」

黎貴妃は答えない。

「攫猿は捜していたのだ。もう一人の己の子と、その母親を」

「…………」

「攫猿の嗅覚は鋭い。ぬしは大量の香を焚いて、己の匂いを消したやもしれぬ。だが、匂いが消えずに残っていたものがあった」

黎貴妃の許を訪れる客は多い。むろん、御簾越《みすご》しでの対面となるだろうが、その度に皇帝の寵妃に贈り物を持参したはずだ。

　そして、黎貴妃は自分側に取り込みたいと思った者のみ、己が使用していた簪などの装飾品を下賜《かし》した。女物故に、それは高官の身内へと渡る。興奏が姪の翠蓮に渡したように。たとえ政敵とはいえ、皇帝の寵妃から下賜されたそれを無下にできる者はいない。銀の簪もまた、黎貴妃から興奏へと渡されたものだった
「……私には関係のないことですわ」

　たとえ、春蘭の言葉がどれだけ正しかろうとも、黎貴妃は肯定することだけはできない。してはいけない。

「戯言《ざれごと》だと思ってくれてよい」

　ただ、知っていてほしかった。なぜ攫猿が、危険を承知で華安に留まっていたのか。なぜ、黎貴妃を捜し続けていたのか。

「攫猿は確かめたかっただけなのだ」

「……確かめたかった？」

　黎貴妃の眉が不審げに寄せられる。それに、春蘭は頷いた。

「己の子と、女の無事を」

　一人の娘は子を産む前に殺されてしまった。邑を襲った攫猿は、その時、もう一人の娘がいないことに気づいた。だから匂いを辿り、華安へと辿り着いた。そして、捜した。命の危機に瀕しようとも、ただひたすらに。

「だから、なんだというのです」

黎貴妃の顔に宿るのは、仄暗《ほのぐら》い憎悪だった。

恨むなというほうが酷だ。

春蘭は気づいていた。だからこそ、真実を白日のもとで明らかにするのではなく、夜半を待って忍び込むような真似《まね》をしたのだ。

「あなたにはわからぬことでしょうね。愛してもいない男に抱かれるという屈辱《くつじょく》を。化け物の子を宿し産んだ女の悲しみを。自分の子を愛せぬ母親がどれほど哀れか」

春蘭は目を伏せた。

黎貴妃の苦しみはわかる。それは憎しみを持たずしては堪えられぬほどの痛みだったのだろう。しかし、どのような慰めや同情の言葉も、黎貴妃の心には届かない。

「……母と呼ばれる度に、幾度あの子を殺そうと思ったことか」

慕い寄ってくる子に愛情がないわけではない。攫猿の子であると同時に、己の血を受けた子でもあるのだ。だからこそ苦しい、と黎貴妃は語る。

「公子を太子に望むのはなぜだ？」

「生きるため。そして、私を見捨てた世に復讐するためです」

皇族の血を受け継がない子を帝位に据える。これほどの復讐があるだろうか、と黎貴妃は残酷にも美しい笑みを浮かべながら語る。

「そのためならば、無辜《むこ》の民が犠牲になろうとも、私は無慈悲に笑みます。自分の子ですら犠牲にしましょう」

月に照らされ、艶やかな笑みを浮かべた黎貴妃を春蘭は素直に美しいと感じた。その岩をも穿《うが》つ激しい想いが、彼女に妖しくも蠱惑的《こわくてき》な美しさを与えているのかもしれない。だからこそ、皇帝も彼女に惹《ひ》かれたのではないだろうか。

「そうか」

「あなたが何者かはわかりません。ですが、私の行く手を阻むというならば容赦はしない」

黎貴妃が決意に満ちた眼差しを春蘭に向けた時、小さな鈴の音が聞こえた。そして、侍女の衣擦《きぬず》れと共にその声が低く響く。

「黎貴妃さまに申し上げます。主上がお渡りになられました」

黎貴妃は立ちあがり、春蘭へ視線を向ける。春蘭も白桃の背より下りると、ゆっくりとした歩調で黎貴妃へと近づいた。そして、手にしていた首飾りを黎貴妃の手にかける。彼女の手を離れてもなお、それに宿った〝想い〟は主の居場所を正確に示した。ずっとずっと、大切にし続けたものだったのだろう。

「……洪采《こうわ》は、なにも知らなかった」

「なにを」

「知っていたら、すべてを投げ出してでも助けに行ったと言っていた。攫猿を――妹を殺《あや》めたと思っている洪采は、死ぬまで後悔に苛《さいな》まれ続ける。せめてそれを、少しでも哀れに思ってやってくれ」

黎貴妃は目を見開いた。言葉を発しようとしたが、うまく声が出ない様子だった。春蘭は目を伏せる。

「せめて兄のことだけは、恨まずにいてやってくれ——梁華」

かつての彼女の名を、舌に乗せる。

もう誰も、呼ぶことのない名を。

「さらばだ」

白桃の背に跨がれば、あっという間に黎貴妃の姿が遠ざかる。春蘭は白桃の背に縋りながら、唇を嚙み締めることしかできなかった。

鄭家の屋敷へ戻ると、欄干に佇む影があった。月を眺めるその横顔には、あいかわらず表情らしきものは窺えない。酒を飲むわけでもなく、仲望はただ静かに佇んでいる。

「なにをしておる」

「月を見ていただけだよ」

「そうか」

「春蘭は？」

「散歩だ」

「夜間の外出は禁止されているのだけどね……」

ずいぶん命懸けの散歩だ、と仲望は笑った。白桃を玉に戻した春蘭は、なにも言わずにその隣に腰をおろす。わずかに吹く風が木々の梢を揺らし、時折、思い出したように梟《ふくろう》の鳴き声が響く。

「右目はもうよいのか？」

「痛みは一時的なもので、外傷もないから。すぐに引いたよ」

「そうか。しかし、まさかおぬしも気術兵だったとはな」

「元、ね」

確かに、仲望は禁軍に所属する気術兵だった。四年前の戦で、気が暴走し胸部に埋め込まれた玉が壊れてしまったらしい。しかし、それだけでは収まらず、なぜか右目に気が集まるようになってしまった。

目に集められた〝気〟は通常よりも扱いが難しいようで、気術を使用する度に頭部に多大な負荷がかかるのだという。見た目の異様さもあり、いつもは前髪で隠しているのだそうだ。

「そういえば、広場で晒《さら》されていた攫猿の遺体がなくなっていたらしい。おそらく、猩猩緋が持って行ったんだろうな。夜間も警備がついていたが、全員、縛られた状態で発見されたそうだ」

「殺されなかったのだな」

「これが禁軍なら皆殺しだが、幸いと言っていいのか、警備していたのは龍平だったからね。彼らの中には農民の出も多い。猩猩緋としても、平民からの反感は買いたくなかったんだろう」

「そうか」

救うことはできなくとも、その遺骸を弔《とむら》うことはできる。なによりも、洪采は攫猿の遺体を晒したままにしておけなかったのだろう。春蘭には、あれが梁華ではないとわかっていた。だが、洪采にとっては、己の手で殺した攫猿こそが愛した妹なのだ。

俯けば、背をふわりとした温かな感触が覆った。見れば、仲望が羽織っていた袍が春蘭の体にかけられている。

「すまぬ」

白桃の背に揺られていたせいで、余計に体が冷えていた。仲望の袍はじんわりとした温かさを春蘭に与えてくれた。

「……いつの世も、人の心だけはままならぬな」

ぽつりと呟いたそれに返答はない。

黎貴妃の復讐は止まらぬだろう。

猩猩緋もまた、世が荒廃し続ける限り義賊で在り続ける。できれば、その二つが敵対し、互いを滅ぼしあうような事態にならなければいい。

いずれ、守り神へ戻った時。

また、人としての感情を失ってしまうのだろうか。たくさんの人の心に触れ、その都度、感じた思いも、すべて〝人であった時のもの〟と割り切ってしまうのだろうか。

守り神であった時、春蘭の心は風のない湖面のように凪《な》いだまま、どんな感情にも揺らされることはなかった。でも、今は違う。〝春蘭〟である今は、心が様々な想いに揺さぶられ苦しくてしかたがなくなる時がある。

真名を取り戻す。

それ以外に、心を傾ける必要などないはずなのに。

「人の心だけは、ままならぬ……」

仲望に聞こえないように、春蘭は今一度、呟いたのだった。

「華国神記」シリーズ（二〇一一年〜二〇一二年　C★NOVELS）

本書は「華国神記」シリーズ全五巻を、加筆、修正し、改題した上で、
全三巻として刊行しました。

中公文庫

華《か》国《こく》神《しん》記《き》1

──名《な》を盗《と》られし神《かみ》は少女《しょうじょ》となりて

2023年1月25日　初版発行

著　者　九《く》条《じょう》 菜《な》月《つき》

発行者　安部 順一

発行所　中央公論新社

〒100-8152　東京都千代田区大手町1-7-1
電話　販売 03-5299-1730　編集 03-5299-1890
URL https://www.chuko.co.jp/

DTP　ハンズ・ミケ
印　刷　三晃印刷
製　本　小泉製本

Published by CHUOKORON-SHINSHA, INC.
Printed in Japan　ISBN978-4-12-207304-3 C1193

私の彼は腐ってる

祖父の死で天涯孤独になった揚羽。
その時、約束通り迎えにきてくれた許嫁の
伊織と同居するが、なぜか彼は広い洋館で
姿を見せない。執念で探し出し問い詰める
最中、伊織の腕がぼとりと落ちた。
「じつは私、ゾンビなんです」
まさかのカミングアウトに、
揚羽の運命と恋愛成就は!?

イケメンの彼氏の正体は
まさかの
ゾンビ!?

九条菜月

イラスト/ゆうこ

中公文庫

ゆら心霊相談所
九条菜月
Natsuki Kujo
シリーズ好評発売中!
訳あり
シングルファーザー
×
視《み》えちゃう
男子高校生!?
霊感を持つ高校一年生の尊《みこと》は、なにやら訳ありのシングルファーザー・由《ゆ》良《ら》蒼一郎《そういちろう》が営む「ゆら心霊相談所」を手伝うことに。心霊事件に家事にとこき使われるが、蒼一郎の一人娘・珠子《たまこ》のためなら頑張れる!?　ほんわかホラーミステリー!
第1弾　消えた恩師とさまよう影
第2弾　キャンプ合宿と血染めの手形
第3弾　火の玉寺のファントム
第4弾　座敷わらしを連れ戻せ
第5弾　あの世から花束を
イラスト／鳥羽雨
中公文庫

出張料亭
おりおり堂
安田依央
イラスト／八つ森佳
「味見するか？」
STORY
偶然出会った出張料理人・仁さんの才能と見た目に魅了された山田澄香、三十二歳。思い切って派遣を辞め、助手として働きだすが——。恋愛できない女子と寡黙なイケメン料理人、二人三脚のゆくえとは？
シリーズ既刊
ふっくらアラ煮と婚活ゾンビ
ほろにが鮎と恋の刺客
コトコトおでんといばら姫
夏の終わりのいなりずし
月下美人とホイコーロー
ほこほこ芋煮と秋空のすれ違い
中公文庫

よすが横丁
修理店
迷子の持ち主、お探しします
修理
及川早月
単なる可愛い物語？　全然違います!!
あらすじ
人に大切にされた道具には心が宿り、
人との縁が切れると道具は迷子になる——。
ぼくは、古道具修理店「ゆかりや」で店長代理のエンさん（ちょっと意地悪）と一緒に、人と道具の「縁」を結んだり断ち切ったりしている。でもある日、横丁で不思議な事件が続いたと思ったら、ぼくの体にも異変が起こり始め——？
イラスト／ゆうこ
中公文庫